D1690972

NISHA EDITIONS

Parce que la liberté et l'éducation des femmes dans le monde sont un combat essentiel, Nisha Editions s'engage auprès de **Toutes à l'école.**
Sa mission : proposer au Cambodge une scolarisation de haut niveau aux petites filles les plus démunies, afin de les conduire à un métier qui leur apportera liberté et dignité.
Nisha et ses auteures accompagneront quatre petites filles au fil des mois.
Chaque trismestre, Nisha vous donnera des nouvelles des petites filles parrainées.

L'ÉQUIPE NISHA
MARRAINE
SINEA

toutes à l'école

toutes-a-l-ecole.org

LA NISHA APP, QU'EST-CE QUE C'EST ?

Dans ce livre, se cachent des scènes secrètes. Pour les découvrir, scannez les visuels imprimés sur les pages via l'application Nisha App, téléchargeable sur Play Store et App Store.

Suivez-nous sur les réseaux sociaux et abonnez-vous à notre newsletter (presse@nishaeditions.com) pour ne manquer aucun contenu exclusif !

Avertissement : il s'agit d'une application faisant appel à une technologie récente. Nous ne pouvons garantir son fonctionnement sur les appareils datant de l'âge de pierre. L'histoire peut être lue sans les bonus et le prix du livre reste le même, avec ou sans. Si vous ne parvenez pas à y accéder, vous pourrez retrouver nos bonus gratuitement sur les plateformes de téléchargement, au format e-book.

Avertissement 2 : le visuel a besoin d'être bien éclairé pour fonctionner.

La séduction n'a pas de secret pour toi.

Tu es tout simplement parfaite.

MADE IN LIMOUSIN

DANS LA MÊME COLLECTION :
La Chute Saisons 1 et 2 – Twiny B.
Black Sky – Twiny B.
Our Last Days – Twiny B.
Ne rougis pas Saisons 1, 2 et 3 – Lanabellia
Ne ferme pas ta porte Saison 1 – Lanabellia
Alia – Sophie Auger
Betrayed – Sophie Auger
Him – Sophie Auger
Dimitri – Sophie Auger
Night of Secrets – Sophie Auger
Play & Burn – Fanny Cooper
No Control – Fanny Cooper
Burning Dance – C. S. Quill
Get High Saison 1 – Avril Sinner
Love Business – Angel Arekin
Gabriel (Is it Love ?) – Angel Arekin
Sur ton chemin – Mikky Sophie
Sex Attraction – Aurélie Coleen
Endless Lust – Gibson – Aurélie Coleen
Kiz'hope – Virginie Malann
Levin – Doubtful Love – Cary Hascott
Pense à moi Saisons 1 et 2 – Emmanuelle Aublanc
Juste un rendez-vous – Emmanuelle Aublanc
Black Soul – Twiny B.
Dark Secrets – Eva de Kerlan
Burning Love – Ania Lie
The Hunter – Laurie Pyren

NISHA'S SECRET :
Jeu vespéral – Angel Arekin
Lilas – Oly TL
Parenthèse licencieuse – Collectif

Ce livre est également disponible au format numérique.

LES GARÇONS DE CHAMBRE

Julien Lazzaro

NISHA ÉDITIONS

Auteur : Julien Lazzaro
Suivi éditorial : Marie Gallet et Marie Dutang
Composition : Aurélien Gutierrez
Comédien/modèle : Joris Conquet, Hugo Lecardinal
Photographe : Adrian Conquet
Graphisme et retouche : Julien Lazzaro, Joris Conquet
© Nisha Editions 2018
ISSN : 2491-8660
ISBN : 978-2-37413-635-6
Dépôt légal : juin 2018

Nisha Editions
21, rue des Tanneries – 87 000 – Limoges
N° Siret : 821 132 073 000 23
@ : contact@nishaeditions.com
Site internet : www.nishaeditions.com

1
LADY CUPCAKE

LÉOPOLD

Boutons de manchettes en argent mis, j'ajuste mon nœud de cravate à rayures – ma préférée, elle fait businessman, elle aime celle-là – puis je regarde mon reflet dans un miroir. Je voudrais me dire que je suis unique, mais ce n'est pas le cas et ça ne le sera jamais, c'est tout le problème de ma vie… Bref, je me regarde, je me trouve élégant. Je suis prêt, costume bleu marine taillé sur mes mensurations de rêve. J'ai un corps athlétique, fin, raffiné. Mes clients aiment ma simplicité. Je suis châtain, les yeux noisette, parfois verts, ça dépend de la lumière.

Ma montre Hermès affiche seize heures cinquante-sept. Alors, j'attends… trois minutes! *Tic-tac*, le bruit du pendule pèse dans mon bureau. Ici, les murs sont bleu roi.

C'est ma prison dorée. Une chaise, une table, une lampe, tout est joli, propre, immaculé, impeccable, moderne et chic, c'est décoré avec goût, c'est impersonnel. Le plus abominable dans cette pièce, c'est ce tableau moderne: *Les Trois Garces*. Non pas qu'il soit moche, non, il est juste curieusement saillant et maléfique.

Les trois femmes sont dans un paysage italien. Dénudées, elles tiennent le fruit défendu. La première garce a les cheveux rouge passion et seulement un diamant autour du cou. Sa posture est sophistiquée, aguicheuse, ses seins et son sexe sont librement découverts et son regard noir, bien trop maquillé, convoite la pomme rouge entre ses mains. La seconde est à l'opposé, en parfaite symétrie, sauf qu'elle est bien plus hautaine. Une chevelure cendrée, un corps aussi laiteux et juvénile. Mais, plus pudique, elle cache ses parties intimes avec une culotte blanche accessoirisée d'un nœud noir. Comme la précédente, elle désire plus que tout croquer la pomme mais elle lui porte une discrète attention, moins directe, plus saisissante et farouche. Enfin, la troisième est au centre, dos tourné, montrant son fessier avec le symbole infini tatoué. Elle ne se révèle pas. Cachée, elle attire l'attention, incarnant la délicieuse féminité. Elle a de très long cheveux roses et blonds, tressés. Elle ne regarde pas la pomme comme les deux autres. Si sa tête est tournée vers le fruit, elle ferme les yeux, comme si elle s'excusait de quelque chose… Mais de quoi?

Quand on regarde de plus près, on aperçoit dans le fond un loup qui hurle. À chacun d'imaginer sa signification. La mienne me rappelle une histoire: dans la Rome Antique, les femmes prostituées étaient surnommées les *lupas*. Telles des louves, elles hurlaient dans les rues d'Italie pour racoler les hommes et dévorer leur chair faible.

Approchez-vous de plus près et observez… Le tableau est troué! Souvenez-vous bien des *Trois Garces*: c'est l'histoire de ma vie.

Après avoir scruté une énième fois le portrait de ces femmes, j'attends encore et encore et je regarde mes chaussures italiennes noires vernies. Il y a une poussière sur l'une d'elle; merde, je l'enlève. Non, je ne suis pas maniaque, je suis juste perfectionniste.

Je marche sur la moquette beige, je regarde la vue depuis la baie vitrée et je vois ma grande amie, la tour Eiffel, toujours en compagnie de ses nuages. Il va pleuvoir, comme tous les jours à Paris. Septembre. L'été est fini dans la capitale; pour peu d'en avoir eu un. Sous ses airs dépressifs, c'est l'une des plus belles villes du monde. Je l'adore et je suis à deux doigts de la conquérir…

Toc toc toc. Enfin. Dix-sept heures. Aussi précise qu'un métronome, elle est là. La musique peut commencer. J'ouvre la porte à celle que je surnomme Lady Cupcake. Femme du seizième arrondissement, la belle trentaine, look rétro, serre-tête dans ses cheveux blonds brushingués, rebiquettes à l'extérieur; Cupcake m'offre un large sourire. À cet instant précis, je sens qu'elle est déjà épanouie juste par le simple fait de me voir. Je lui renvoie un sourire d'affection. C'est la vingt-sixième fois qu'on se retrouve et il y a toujours cette timidité de sa part. Je lui fais la bise et je sens l'odeur de la laque; elle sort à l'instant de chez le coiffeur.

Je m'installe à mon bureau et Lady Cupcake face à moi, sur un divan. Notre séance peut commencer. Je m'appelle Léopold d'Arpajon et je suis un psychologue particulier.

Mon bureau est ordonné, tout est calculé. À droite une paire de stylos, à gauche une boîte à thé secrète. Mes cahiers restent fermés, je ne prends jamais de notes devant mes clients, j'enregistre tout dans ma tête. Ils ne doivent pas avoir l'impression que je les étudie. Je suis leur ami, leur confident, je leur donne du réconfort là où ce putain de vide s'est installé... Ce soir-là, c'est au tour de Lady Cupcake – à chacun son pseudonyme, car c'est eux qui gardent leur anonymat; pas moi, non. Moi, je n'ai qu'un prénom, qu'une identité et ils la connaissent. Ils doivent s'imaginer que je suis réel.

Ça fait déjà une heure que Cupcake me raconte sa vie et j'écoute, encore et encore. Elle est perturbée parce que l'une de ses perruches est morte. Je hausse les sourcils comme si j'étais peiné pour elle – c'est cafardant mais je continue. Elle me parle de ses trois chattes Bimbo, Mousseline et Cerise, de son mari toujours en voyage d'affaires et de Mister Plastic: là, ça devient intéressant! Plastic était son amant de jeunesse, elle parle souvent de lui et avec passion; j'imagine qu'il doit être bien membré... Bref, histoire ancienne! Cupcake est l'archétype de la femme au foyer qui s'ennuie et cuisine donc, des cupcakes. Pour la première fois depuis vingt-six séances, elle m'a réservé une petite surprise. Avec ces yeux qui brillent et son petit air coquin, elle sort une petite valisette rouge de son sac. S'offrent alors à moi six cupcakes. Enfin j'en vois la couleur. D'une voix délicieuse, elle me les présente.

– Pink Devil, café, coco-banane mon préféré puis vanille, pistache et melon. Vous voulez goûter ? me lance-t-elle, comme un défi.

Je frémis d'impatience de « goûter » mais je garde mon air distingué et chic ; je ne dois pas sortir de mon personnage. Je quitte simplement mon siège et fais le tour de mon bureau, avec fière allure et toujours dans le contrôle. Je caresse le bois, un stylo, histoire de créer une mise en scène haletante. Je m'approche de ma Lady avec ma boîte à thé pour lui proposer ma gourmandise :

– Mes nouveautés : Crazy cola, bubble gum, muffin et tutti frutti. Une préférence ?

Ce sont les parfums de mes préservatifs. Et derrière mon bureau, il y a deux portes coulissantes en bois qui cachent ma chambre. Cupcake minaude sur son fauteuil, impatiente d'y aller... Oui, je suis un psychologue particulier. Le docteur de l'amour, le beau parleur, le magicien, l'illusionniste. Je soigne les cœurs en peine par le sexe. Je suis un prostitué de luxe.

Dix-neuf heures pile, il fait déjà nuit et la tour Eiffel brille de mille feux. Les lumières bleutées qui scintillent toutes les heures éclairent la chambre. Autour de moi, j'enflamme les mèches de bougies parfumées à la vanille pour compléter. Via mon iPhone, j'enclenche les cordes de guitares en acoustique. Je fais tomber pantalon, chemise, cravate puis je grimpe sur ma scène. Je veille à ne pas écraser les papillotes que j'ai préalablement éparpillées sur les draps. Accroupi, je trouve ma place au sein du lit. Je pivote, dévorant Cupcake des yeux. Elle nous prépare nos petites gourmandises qui vont agrémenter ce moment. Sur le chevet gauche, elle dispose soigneusement et de manière ordonnée cassis, framboises, groseilles, raisins rouges et myrtilles dans des coupes en verre. Du coin de l'oeil, elle me voit m'impatienter. Ça la fait sourire et moi, ces petites lèvres qui expriment le bonheur, ça me fait craquer. Sale gosse, je l'embête un peu, lui tripotant les fesses pour la déconcentrer.

– Léo, soyez sage !

Elle tapote ma main. Je n'ai pas le droit de la toucher avant qu'elle l'ait décidé, c'est sa règle, son péché mignon. Elle me rejoint enfin dans sa petite robe fleurie que je retire, bretelle après bretelle, effleurant à peine sa peau pêche. Lentement, la coquine s'allonge face à moi. Chevet droit : j'ouvre le premier flacon de peinture pour le corps, parfum : vin pétillant. Deux autres fioles à la fraise rose et au chocolat, sont dans la file d'attente. D'une plume chinoise, je commence à encrer sur sa chair délicate des lignes abstraites et des mots d'amour. Je maquille sa bouche, je tombe dans son cou, je passe par l'entre de ses seins. Je les entoure, je glisse vers son nombril, j'arrive près de son intimité. Cupcake frissonne mais reste maître de son corps. Mon pinceau suit ses hanches généreuses et je descends le long de sa cuisse jusqu'à la cheville. Le corps des femmes est un art que je pratique depuis trois ans déjà. Chaque tableau est différent. Chaque couleur et parfum est unique. Je n'ai pas la chance de m'en lasser, je n'en ai pas le droit. Et même si elles ne me conviennent pas toutes, je dois m'adapter, toujours, cherchant le meilleur de chacune pour rendre mon travail moins pénible. Quelle est la différence entre vous et moi ? Un emploi a toujours sa part de contrainte. Nous sommes les martyrs obéissants aux lois des hommes en haut des tours. Je suis l'esclave de leurs femmes, l'objet sexuel des veuves noires, de celles qui ont le pouvoir, des riches héritières. Je suis la bête docile des infidèles, des pervers, des désespérés. Je suis l'artiste fantasque des femmes et des hommes.

Ma plume fragile viole son corps. Je mélange les teintes et les parfums, je ne m'arrête plus, inspiré comme un fougueux drogué. Ma lady sucrée s'immortalise dans sa pose, regardant à travers le miroir d'en face l'œuvre se conclure. Elle attrape une papillote pour manger un chocolat. En sueur, je suis en pleine érection mais le fruit m'est encore interdit. Elle m'ordonne ensuite de poser les gâteries dans un ordre aléatoire qu'elle me dicte. Mon ombre chaude traverse les carrefours dessinés. Les fruits rouges sont désormais alignés sur le chemin en direction de sa bouche, entourant ses seins, révélant le signe de l'infini. Je dépose une framboise sur chaque téton et je couvre son sexe de myrtilles. Les lumières de la tour Eiffel s'éteignent. Il ne reste plus que la douce ambiance dorée des bougies.

– Tu peux commencer, chuchote-t-elle.

Je débute par les pieds, croquant le premier raisin et ainsi de suite, remontant petit à petit jusqu'à ses lèvres.

Ici, j'en profite pour jouer avec. Le goût des fruits acidulés se mélange à celui de son bijou. Je sens son corps se noyer dans le matelas, ses muscles se détendent, son souffle se réchauffe et s'accélère, le sucre nous rend fou. Elle gémit, je remonte lentement mais surement jusqu'à ses seins et je brise le motif de l'infini. Au bout du chemin : sa bouche. J'ai enfin le feu vert ! Je joins mes lèvres sucrées aux siennes. Je sors ma langue et danse aux rythmes des guitares, c'est l'instant fatidique qui nous emporte, adieu le brushing Lady Cupcake. Une heure après, les draps blancs sont multicolores. Je suis en elle. Dans la chambre, le parfum est si fort qu'il nous enivre. Les cristaux de sucre sur nos corps ont fondu et collent, scellant nos deux peaux autrefois étrangères. Nous sommes deux bonbons géants, gémissants jusqu'à la jouissance.

Il y a deux styles de clients : a) Croissant b) Taxi. Certains restent jusqu'au petit déjeuner parce qu'ils veulent passer une nuit dans mes bras et d'autres fuient, prenant le premier taxi après l'amour ; c'est moins cher. Lady Cupcake est du genre romantique et grand petit déjeuner. Ce matin grisâtre, elle m'offre le livre *Divine Blessure*. Il enveloppe discrètement et élégamment mon salaire, c'est ma règle. J'ouvre furtivement la première page et d'un coup d'oeil, je compte les billets.

– Merci. On se revoit la semaine prochaine ? Même jour, même heure ? dis-je d'une voix pas réveillée.

– Non. C'était la dernière. Vous comprendrez ma décision à la fin du livre. Ma thérapie est terminée. Merci pour tout, Léopold.

Cupcake prend son sac à main de marque, m'embrasse silencieusement sur la joue puis quitte la suite. Je ne rétorque pas, ne dis rien, dissimulant ma tristesse. C'est fini, j'ai perdu ma gourmandise du samedi. Je n'ai pas le droit de pleurer, je suis un garçon. Las, fatigué, j'abandonne ma tenue de chambre. Je croise mon reflet dans le miroir et me regarde. Ma peau est lisse, j'ai un visage de chaton, pas de rides, pas de marques, pourtant, je suis tellement blessé et usé. Je n'ai pas le droit de jouer à la victime, je suis responsable. Ressaisis-toi Léo! dirait mon père…

Comme d'habitude, je nettoie la chambre, je dois le faire, ça fait partie de mon contrat. Puis, j'enfile un costume de groom: veste sombre, chemise anthracite et nœud papillon brodé orange. Prêt, j'éteins les lumières. À ce soir, Suite Royale!

Dans les couloirs de l'hôtel *Galantin*, je déambule seul, déguisé en employé. Comme pour les livres, Garçon de chambre est ma couverture, un accord que j'ai depuis quelques années avec la maison. Avec l'index, je trace une ligne invisible sur la tapisserie rococo. Je dois toujours toucher quelque chose, comme un gosse. Bling-bling, froufrou, lumière dorée, le couloir est si chic, si impersonnel. C'est moche et triste. Me voilà à la porte de la chambre voisine, espérant repartir avec son occupant… Mais il y a un nœud orange sur la poignée signifiant «ne pas déranger». Certains jours, j'ai envie de craquer, de pleurer, de démolir la porte et de le supplier de repartir avec moi. Je ne veux pas être seul. C'est stupide, ressaisis-toi Léo. Soudain, je vibre. Un message.

G : [Ne m'attends pas, j'ai pas fini.]

Bien sûr… Alors, je repars, seul, avec mon livre et un cupcake coco-banane.

Il pleut, encore. Je n'ai pas de foutu parapluie, je n'y pense jamais. À la sortie de l'hôtel, sous le porche, je fume une cigarette, attendant Mister Uber qui arrive dans sa BMW ; c'est mon chauffeur personnel.

Assis confortablement sur le cuir noir, j'engloutis mon cupcake et commence *Divine Blessure*. Captivé par les mots, je n'ai pas le temps de voir passer le voyage que me voilà chez moi. Garé, Uber se tourne vers moi avec un grand sourire. Cet homme de quarante ans est beau, très grand, un peu trop peut-être. Il me regarde avec admiration. Je devrais lui demander « combien je vous dois ? » Mais c'est lui qui m'offre un petit coffret. Je fais mine d'être surpris ; oh un joli bracelet en argent ! Quand un homme vous offre un cadeau, il y a trois raisons : a) il veut se faire pardonner de quelque chose. b) il cherche à vous acheter. c) il est gentil ; ça c'est 3% de la population et Mister Uber en fait partie, le pauvre. C'est sans doute pour ça qu'il est célibataire. Tel un félin qui se faufile entre les deux fauteuils avant, j'attrape mon chauffeur par ses maxillaires virils pour l'embrasser tendrement. Ma langue vire et chavire. Oui, c'est un de mes clients. Heureux, il ne me quittera pas, lui. Je le comble et ça me rassure.

Mon chez moi. C'est calme, pas un bruit, mes colocataires dorment encore. Notre garçonnière est située en banlieue parisienne, face à l'île Thalie sur la Seine. Ici, pas de bruit de trafic, que des oiseaux. Pas de moquette, juste un vieux carrelage sale, quelques meubles de récup', des bibelots poussiéreux, des photos souvenirs sur les murs défraichis, un bordel qui m'exaspère et une belle vue sur l'eau verdâtre. Au fond de la pièce, il y une grande bibliothèque dans laquelle je range *Divine Blessure*, catégorie «échec».

Je n'ai pas toujours été dans le besoin. J'ai grandi dans des draps de soie puis, désargenté, j'ai dû apprendre à survivre. J'ai réussi à retrouver une petite trésorerie que je dissimule tant bien que mal. Mon entourage ne connaît pas mon secret, excepté mon voisin de chambre au Galantin. En parlant du loup, le voici, Giovani, mouillé de la tête au pied! C'est un latin, peau hâlée, boucle d'or noire, trente ans, un mètre quatre-vingt, assez charismatique, des joues bien rondes, ce qui lui donne un air enfantin. Mais ne vous fiez pas aux apparences, sous ses airs mignon et coquin, il est une vraie saloperie comme je les aime! Giovani porte un nœud papillon orange comme moi et tient un livre en main. On ne fait pas que partager un secret. Complice, on le vit à deux.

– Gio, la nuit a été bonne?
– Comme d'hab!

Fatigué, il range calmement son livre n'importe où. Giovani ne crée pas de catégories comme moi, il est désordonné.

La garçonnière prend vie, c'est l'heure de mon petit déjeuner, le vrai. Ce n'est pas pour les Miels Pops ou les madeleines Auchan que je l'aime mais pour l'énergie qu'il me transmet. Ce moment, c'est ma vitamine, mon ancre.

Au fourneau, je vous présente Raphaël, notre Elijah Wood version frenchie. Ce brun aux yeux bleus, maigrichon, cuisine des œufs brouillés au bacon avec son masque de beauté vert sur le visage. Ça, c'est son pouvoir magique. Cette crème extraordinaire révèle en lui une personnalité cartoonesque. Sans quoi, il est blanc comme un cul ! Comme Giovani et moi, Raphaël est vêtu en Garçon de chambre. Mais il n'est pas un gigolo, non, c'est un rigolo ignorant nos activités. Alors que nous plumons la clientèle à la lumière de la lune, lui, bon citoyen honnête et moral, les escorte le jour. On ne se croise jamais au Galantin, c'est uniquement au petit déjeuner que nos trois nœuds oranges se retrouvent. Je passe devant Giovani qui regarde la télévision. Je fais exprès de le déranger, ça m'amuse. Le matin il ne partage pas nos conversations. Dos à nous, il boit son bol de lait et bave devant les *Simpsons*. Enfin, j'arrive à table et je circule derrière « Moi Bis » installé à sa place. Il s'appelle Jean-Baptiste d'Arpajon et c'est mon jumeau soumis. Si notre ressemblance physique est indéniable, à quelques grains de beautés près, nous sommes très différents... Je reste debout, derrière lui qui étudie ses cours de gynécologie – c'est un bon élève – et je regarde avec amusement les photos de vagins. Mon frère connaît tout de l'anatomie féminine mais il est loin d'être étalon avéré comme moi. Tel un môme, je me fais un malin plaisir de lui voler son livre pour le ridiculiser gentiment.

– Description d'un frottis vaginal : c'est une opération

qui consiste à étaler sur une lame de verre un prélèvement de cellules... de la chatte!
– Léo, rends-moi ça!
JB m'arrache son livre des mains. Raphaël nous rejoint à table avec les oeufs cuits. Il s'installe face à nous et s'exprime:
– C'est dégueulasse!
Je suis un peu surpris par la pudeur de Raphaël alors je rétorque:
– Raph', t'aimes plus la chatte? Tu veux qu'on en parle?
Raphaël sert JB qui repousse son assiette, répugné.
– Raph' ton machin tombe sur mes œufs, là.
– Mon MA-CHIN est un masque de beauté au concombre. Y'a rien de sale!
Notre cuistot se défend comme il peut mais mon jumeau fait toujours la grimace en décortiquant son assiette.
– Non, c'est dégueulasse, y'a ton acné dessous.
Je coupe la conversation, plutôt intrigué par les vagins que je vois sur le livre:
– JB, pourquoi tu regardes ces trucs-là de bon matin?
– Je vais faire mon premier frottis vaginal.
– Et qui va se faire toucher la chatte?
Raphaël sort sa blagounette du jour:
– Giovani!
Obnubilé par son dessin animé, Giovani ne réagit pas d'un poil. À mon tour de vanner et je vise mon frangin, bien sûr:
– Profite de ton exam pour te dépuceler.

Le voilà vexé et j'en suis fier! Sans répartie, il engloutit les œufs désormais brouillés aux concombres. Raphaël sort son smartphone dernier cri, sept cents euros, pour consulter ses notes et nous faire la morale.

– Bon les gars! J'ai re-compté, on n'a pas assez pour payer le loyer ce mois-ci. Et il faut payer E.D.F. avant qu'il nous coupe, ENCORE!

À la garçonnière, c'est lui qui fait la paperasse, la cuisine et le ménage. Ne vous méprenez pas, sous ses airs de femme au foyer, il est hétéro.

– Je payerai le loyer, proposé-je.

Je fais ça tous les mois, à vrai dire. Ça les arrange bien, ils sont tous dépensiers. Mais ce jour-là, Raphaël s'impose :

– Non, non, non, moi ça me gêne. NON! Je ne veux pas. Tu n'as pas à tout payer, tout le temps.

– Vous me rembourserez plus tard.

Mon jumeau s'immisce :

– Léo, en fait, on se demande : d'où tu sors l'argent ?

– Pourboires!

Je n'ai pas l'air convaincant mais Raphaël me croit, c'est l'essentiel. D'ailleurs il est vexé de ne pas en avoir autant.

– Franchement, faut m'expliquer comment tu fais ?

– J'ai pas une tête d'ado prépubère, MOI!

– Ah, ah, ah, je t'emmerde Léopold.

– Je t'encule Raphaël.

Et soudain, contre toute attente, Giovani entre dans l'arène et lâche une bombe.

– Je lui ai déjà proposé pire…

JB lâche sa fourchette. Un ange passe… On essaye de comprendre l'information qui vient de nous être livrée. Le temps que ça monte au cerveau… Ça y est, je crois comprendre. D'un oeil interrogatif, moi et Moi Bis scrutons Raphaël qui est extrêmement mal à l'aise. Il bégaye :

– Non… Il… Vous êtes chiants !

Giovani, fier d'avoir fait sa petite garce, se replonge dans son dessin animé sans épiloguer. Raphaël quitte la table, nous fuyant. Ce qui ne veut dire qu'une seule chose : Raphaël et Giovani ont joué à touche pipi au moins une fois ; ah les petits coquins, j'adore mes colocs ! Je suis assez libertin mais ce n'est pas le cas de JB qui est quelque peu choqué :

– Raf, t'es gay ? Raf ? T'es gay !

Il poursuit Raphaël dans la chambre. Quelle bande d'ado attardés, mais je me surprends à l'être aussi. Parce que ça fait du bien. Bienvenue chez moi.

À présents seuls, je me rapproche de Giovani et lui offre un geste d'affection. Il se sent le besoin de se confier :

– Je n'aime que toi.

– N'oublie pas que c'est moi qui t'ai appris à mentir, lui rétorqué-je tout en lui volant furtivement un baiser.

Giovani et moi partageons beaucoup de choses. De là à changer mon statut Facebook « en couple » ce serait difficile pour moi. Je ne pense pas que l'Homme soit fait pour être accompagné toute une vie d'une seule et même personne. Le mariage est un concept politico-religieux que nos ancêtres ont inventé jadis pour nous mettre dans des cases. Ma croyance, c'est la chair.

Mes journées se suivent et se ressemblent. Je dois toujours être au top. Treize heures, je vois Mister Univers, mon coach sportif personnel. Après la séance, direction les douches pour lui faire don de mon corps ; c'est mon client. Quinze heures, je passe voir Lady Chrystal, mon esthéticienne. Même rengaine. Dans la rue, direction le Galantin, il pleuviote, encore et encore... Je croise des visages, des couples, maîtresses, amants, je fais semblant de ne connaître personne pourtant, la plupart sont mes clients. Je suis leur secret, le garçon invisible du huitième, la poupée barbue qu'on déshabille jusqu'à usure.

Soudain, mon attention se porte sur une boulangerie. Il y a des cupcakes en vitrine et je repense à ma Lady que j'ai perdue ce matin. Je dois me faire une raison, les choses sont ainsi. On est au XXIe siècle : les gens entrent et sortent, prennent et jettent. Je suis un produit de surconsommation, un parfum de luxe qu'on pompe jusqu'à vider son essence. Je dois garder mon arôme. Ne pense plus à Cupcake, Léo ! Je suis obnubilé par ses gâteaux colorés, impossible de me concentrer sur autre chose, je l'ai perdue et ça résonne dans ma tête sans cesse, comme une obsession. Soudain, ma surprise est grande quand je reconnais les sucreries qu'elle m'a offert. Oh la petite menteuse !

Seize heures, trempé, je m'installe au bistrot du coin de la rue du Galantin. Le bar est classique, pop-chic décontracte, ambiance jazzy. Je sors mon journal, LE cahier. Ici, je note tout, tous les vices et les tromperies de mes clients ; Lady Cupcake est une menteuse. Je dresse leur portrait, je les étudie. Les bouquins qu'ils m'offrent, d'un geste si innocent, m'aident à les catégoriser. Je gribouille, je gomme, je monte des plans, je fais des liaisons. Du haut de ma plume, j'encre mon but. Un jour, je renverserai les rôles, j'aurai l'argent et une totale emprise sur eux. L'échec n'est plus envisageable. Je dois les conquérir jusqu'à dépendance. Paris sera à mes pieds. Pas question d'être un corps objet toute une vie. Je veux le pouvoir, l'argent et le cul de la crémière.

2
MISTER PLASTIC

LÉOPOLD

— Deux euros quatre-vingt-dix, me dit le serveur sur un ton monocorde, lassé d'être là, comme beaucoup d'employés parisiens payés au rabais.

Loin d'être attiré par l'ambiance maussade et le café-gold, je suis ici pour analyser ma nouvelle proie : Mister Plastic, l'ex-amant de Lady Cupcake. J'observe l'entourage de mes clients, je construis une toile autour de ces personnes en besoin d'amour. Qui sont-ils ? D'où viennent-ils ? Leur cercle ? Sont-ils des gens de confiance, des arnaqueurs, des âmes vagabondes délaissées et blessées ? Les ramifications s'allongent par centaines. La plupart ne sont pas très intéressants mais Plastic, lui, est difficile à cerner alors ça m'intrigue. Ça fait un mois que je l'observe. Il vient tous les jours ici, habillé de la même manière : veste en cuir noir et jean moulant usé qui révèle une belle paire de fesses bien fermes. Il porte par-dessus, six jours sur sept, son imperméable plastique transparent. Il lit son journal, boit son café, fume une cigarette, paye en liquide et repart. Parfois, son portable vibre, mais il ne décroche pas, jamais. Je ne connais pas son nom, je n'arrive pas à le suivre à la trace ; il me sème. Où est-il aujourd'hui ? L'heure tourne, je scrute sa place habituelle comme si j'épiais mon ex. Il n'arrive pas... Lui est-il arrivé quelque chose ? Et s'il avait changé de place ou de bar ? Je regarde autour de moi, le cherchant... Soudain, une voix chaude et sensuelle m'interpelle.

– Bonsoir !

Je me retourne et je le découvre là, à ma table, face à moi. Ses lèvres charnues se séparent à peine, m'offrant un petit sourire en coin. Plastic est jeune, d'une beauté glaciale, blond aux yeux profondément bleus. Je m'y noierais.

– Tu me cherchais ?

Il en rajoute... Merde. Je suis le piégeur piégé, l'enfoiré !

Dix-sept heures, suite royale, face à ma vue, ma tour Eiffel, je téléphone à ma prochaine cliente, la plus importante, la plus friquée : la poule aux oeufs d'or.

– Je serai en retard, mais ne t'inquiète pas, je serai à toi toute la nuit... Merci. Vingt-trois heures, c'est OK.

Je raccroche et me voilà disponible pour mon nouveau client : Mister Plastic. Assis, je le vois pour la première fois sans sa capote géante. Il observe. Que fait un aussi beau garçon dans ma suite? Il pourrait avoir tous les hommes à ses pieds – ou femmes – alors pourquoi veut-il louer mes services? Il a l'air d'être inquiet, on est deux. Je me rapproche de lui, je tourne autour de son fauteuil, ouvrant la conversation:

– Tu préfères discuter ou…?

Je caresse son cuir, il y a des poils de chien, je le pensais chat. Je lui enlève sa veste, il ne dit rien. Je perds mes moyens, mes poils se hérissent, je n'ai jamais eu cette impression. Je dissimule mes sentiments. Ma main glisse dans son cou, il ferme les yeux, j'ai déjà une érection lorsqu'il m'interrompt soudainement:

– Je préfère parler, pour commencer.

Je reste armé, prêt à le conquérir. Je sors de mon rôle, je n'ai plus le contrôle de moi-même, je n'ai qu'une envie, le conquérir pour mon plaisir personnel. Je continue le dialogue en tentant de le déshabiller délicatement.

– C'est quoi ton prénom?
– James.
– Alors James, que fait un aussi beau garçon dans la vie?
– Tu le sauras en temps voulu.

Il m'énerve, je ne suis plus patient. D'un geste brusque, je lui enlève son cuir. Il se redresse pour me faire face. J'essaye de l'embrasser, j'en meurs d'envie, mais il tourne la tête.

– James… Tu as déjà eu une aventure avec un homme?
– Non.

Un hétéro curieux... Ça y est, je comprends mieux son intérêt. Je me sens soudainement comme la perle rare. Je reprends le dessus. Je le couvre de baisers, cou, bras, sa gueule d'ange – il évite encore la bouche. J'en peux plus. Je le déshabille, il est taillé comme un Dieu! Oh, c'est mignon, il porte un slip blanc, ça le rend si enfantin. En sous-vêtement, James se recule et se blottit contre le mur, ses mains viennent cacher les formes de son sexe. Il n'ose pas avouer ce qu'il ressent. Je le laisse s'éloigner et je me déshabille devant lui sans le toucher, lui accordant cette distance. Je veux qu'il me regarde, qu'il me découvre. Je me tords pour retirer mon pantalon. Soudain, mon attention s'égare sur nos affaires à terre. Le portefeuille de James Kerian s'est échappé de son cuir et il est ouvert. Je vois son nom sur son insigne de flic. Double merde! Je les accumule... Je relève la tête, totalement perturbé. Il prend une soudaine assurance et se colle à moi désireux de poursuivre. Non, non, non, je ne peux pas! Je suis à deux doigts d'avoir enfin ce baiser... Grrrr! STOP!

– Tu peux prendre une douche?

Je n'ai trouvé que ça à dire. Je me surpasse, là... Silence de mort... James relâche la pression, surpris. Il sent si bon, quelle honte. Il enfonce ses yeux bleus dans l'obscurité des miens. Il tente d'évaluer la situation, c'est mon truc ça. Puis, comme si de rien n'était, il reprend son rôle de faux client. Il vole mes affaires et se déhanche, tellement sexy, vers la salle de bain.

– Je te prends tes affaires en otage. Je n'voudrais pas que tu partes sans moi.

– Quelle idée…

Ton ironique. Il s'éclipse dans la douche. J'entends l'eau couler. Me voilà seul, je tourne en rond, je n'ai pas beaucoup de temps. Réfléchis vite Léo ! Je dois en savoir plus sur lui. Je ne peux pas rester, j'ai rendez-vous avec la poule aux oeufs d'or. Dans ces cas-là, on rêve tous de se dédoubler. Sauf que moi, je peux faire ça !

Je cours à l'autre bout de la pièce attraper mon portable.

À l'hôpital Saint Clair, mon jumeau soumis est en train de passer son examen. Face à une demoiselle aux jambes écartées, il commence un frottis vaginal sous l'œil attentif de sa professeure, Madame Fernandez. Il remonte ses lunettes pour bien voir ce qu'il fait quand son portable sonne. Mme. F. est contrariée :

– Jean-Baptiste ! Ton portable à l'extérieur, je te l'ai déjà dit.

– Pardon Madame Fernandez. Heu… Excusez-moi, c'est mon frère, juste une seconde.

Mon soumis ne rate jamais un de mes appels. Il retire alors ses gants et me répond, un peu embarrassé.

– Qu'est-ce qu'il y a ?
– Je vais disparaître.
– D'accord, on se rappelle demain.

Il me raccroche au nez, fait chier ! Je rappelle….

– Léo… !
– J'ai besoin que tu me rendes un service, c'est important.
– T'es malade ?

– Faut que tu me remplaces !
– Moi ?
– Sois au Galantin dans une heure. Une femme aux cheveux rouges t'attendra au restaurant, dans le salon privé.
– Léo… Qu'est-ce tu me fais, là ?
– Il est temps de grandir mon frère. Je te laisse ma place… je t'aime. Bye.

Et je raccroche, laissant mon soumis dans la confusion la plus totale. Ça m'a tellement écorché de lui dire « je t'aime » qu'il en est abasourdi. Mme. F. lui fait les gros yeux. C'est le genre de prof à l'ancienne, assez autoritaire. Je l'imagine avec une grande règle en bois frappant ses mauvais élèves.

– C'est bon Jean-Baptiste, on peut reprendre ?
– Il m'a dit « je t'aime ».

JB est confus et inquiet.

Dans la suite Royale, James sort de la douche et me retrouve, une serviette autour de la taille. Son corps ruisselle, il est à croquer. Léo, stop, pense à autre chose que le sexe… Je désarçonne alors la situation :

– Alors comment ça se passe ? Je te saute, et tu m'menottes après ?

D'un calme olympien, il me sourit avec son petit air mi-ange mi-démon. Il m'a suivi avec une idée bien précise. Qui es-tu James Kerian ?

Et c'est ici, au crépuscule d'un soir d'automne, que je disparais avec Mister Plastic dans le plus grand des mystères. Adieu le Galantin et mon nœud papillon orange. Je m'efface, laissant pour seuls bagages à mon soumis, à mon amant et à mon ami d'enfance, tous mes secrets les plus sombres.

3
LADY RABBIT

JEAN-BAPTISTE

Je suis son ombre, le torturé. Le garçon qui a vécu sa vie par procuration. Je n'ai jamais su faire comme mon frère, braver les interdits et croquer la pomme à pleines dents. Je suis l'homme-enfant, le dominé qui rêve en secret d'être l'actif. Je m'appelle Jean-Baptiste d'Arpajon et je suis le jumeau soumis de Léopold.

Bim ! Je viens de me prendre la porte vitrée du Galantin. Pour une entrée discrète, ça c'est fait ! Tout le monde me regarde.

J'ai enlevé mes lunettes pour tenter d'usurper l'identité de Léopold mais je crains fortement que le packaging ne suffise pas à la mascarade. Bon dieu, à chaque fois que mon frère me demande un service, j'accours comme un fidèle toutou. Je suis comme ça, un peu trop serviable, y'a pas de remède à la bonté je crois.

Perdu dans mes pensées, je me rends compte que je stagne comme un imbécile au centre du hall. J'ai rarement mis les pieds au Galantin et à chaque fois, ici, je circule furtivement dans un flou artistique. Je suis astigmate, je ne vois pas grand-chose. Tant pis, je remets mes binocles. Whaouu! Je suis aussi émerveillé qu'un gosse qui découvre Disneyland, c'est une première! Il y tant de beauté dans l'architecture digne d'un prince des siècles derniers. Je me délecte déjà d'un traitement royal. Que dis-je? Je crois devoir jouer un serviteur, un garçon de chambre, rien d'autre, je ne suis rien de plus qu'une petite main de toute façon. C'est donc moi qui vais devoir dorloter les riches visiteurs. Pendant un instant je rêve, je regarde les fleurs, le hall amoureusement décoré, les dorures des moulures. Je trépigne sur du marbre. Tout est tellement élégant et raffiné, c'est magnifique. Soudain, mon rêve prend fin à cause d'une voix féminine qui m'interpelle:

– Jean-Paul! Qu'est-ce tu fous? La Poule va arriver.

Alors… Jean-Paul, c'est moi? Étrange ce pseudonyme. Et voilà, c'est ici que mon cauchemar commence. Se dresse Jennifer, la manageuse de l'hôtel; c'est marqué sur son badge. C'est une grande blonde, élancée, jupe de patineuse et collier de perles orange. Son air sournois et son sourire sarcastique ne m'inspirent pas confiance. Elle enserre mon bras pour me conduire et me pousser dans un ascenseur. Et hop, elle appuie sur le bouton numéro

huit; c'est donc ici que je vais. Jennifer quitte l'appareil, ne comptant pas m'accompagner, flûte!
– Change-toi et mets tes lentilles, dépêche-toi!
– Heu, je vais où exactement?
Je ne suis plus du tout crédible mais Jennifer ne s'aperçoit de rien. Elle n'est pas futée...
– Dans ta chambre, idiot!
– Jennifer, j'ai perdu la clef.

Les portes de l'ascenseur se ferment et nous séparent. Soudain, d'un geste brusque, Jennifer intervient, bloquant la fermeture. Elle me fusille du regard, hautement mécontente de ma soi-disante perte.

Premier, deuxième étage... je souffle, inquiet. C'est l'ascenseur le plus lent du monde. Je patiente en musique, je m'ennuie. Le classique me donne envie de danser la polka. Je m'occupe en tripotant mon portable. Je fais toujours ça, il faut que je touche quelque chose. Sixième étage, je contacte mon colocataire, celui qui met des masques au concombre, Raphaël.

– Ouais ma couille.
– Raf, je te dérange?
– Un peu...

Un son fortement étrange sature dans le micro. Au loin, on entend *My Heart Will Go On* de Céline Dion.

– Tu peux aller dans la chambre de mon frère pour fouiller? Il m'inquiète.
– Et je dois trouver quoi?
– Je sais pas, rappelle-moi.

Dans la chambre en chantier constant, Raphaël est à demi allongé sur son lit, face à un film via son écran d'ordinateur. Après avoir raccroché, il finit de se masturber devant la scène d'amour entre Rose et Jack dans Titanic, vouant un désir inébranlable pour Kate Winslet…

– Je vais te montrer ce que c'est un vrai marin, Kate.

Et oui, y'a des gens comme ça, vraiment !

Après s'être soulagé, il va fouiller dans la chambre de Léopold, la plus belle de l'appartement, bien sûr. Mon frère a toujours les meilleurs choses, c'est le meilleur – je le déteste ! Belle vue sur la Seine et lucarne au plafond pour regarder les étoiles, c'est un petit cocon bien ordonné. Soudain, l'attention de Raphaël se porte sur un iPad, mais il faut un code pour l'allumer. Après avoir essayé à maintes reprises les mots les plus farfelues, il réfléchit ce à quoi mon jumeau tient le plus. Notre père, bien sûr, apparaît comme une évidence : C-H-A-R-L-E-S. La tablette est désormais déverrouillée ! Raphaël s'auto-congratule de connaître mon jumeau par cœur mais il déchante très vite quand il tombe sur une page d'internet ouverte : le site de Léopold. Ce dernier s'illustre dans une pose sexy, en caleçon et nœud papillon seulement, mettant en avant ses abdominaux huilés et une rose rouge entre les dents. En légende, une phrase d'accroche qui en dit long sur ses activités « L'homme de vos fantasmes ». Bouche bée, Raphaël est subjugué mais à la fois, cela explique les pourboires généreux qu'ils gagnent au Galantin…

– Bordel à cul !

Vingt-trois heures, la nuit parisienne ne fait que commencer. Alors que j'arrive au huitième avec mon badge, je pénètre dans la suite royale. Pendant ce temps, au restaurant du Galantin, la poule aux oeufs d'or fait une entrée remarquable, comme à l'accoutumée. Chevelure de feu artificielle, boucles rétro-glam, robe de rubis moulante au décolleté généreux, bouche en cœur rouge passion, maquillage de scène noir désir et un visage strict sans la moindre imperfection, sans la moindre expression. Une femme qui a gagné sa jeunesse chez son chirurgien. Quand elle entre, on se croirait dans le show d'une comédie musicale des années 80. Ambiance piano bar et trompette, la poule roule des fesses et tous les gentlemen la vénèrent. Elle circule entre les tables, ils tombent comme des mouches. Elle joue de son pouvoir de séduction, se moquant de tous les prétendants qui épouseraient ses talons aiguilles. La femme du lapin marche d'un pas déterminé vers le salon privé, là où Léopold est censé la rejoindre. Moi! Je suis supposé devenir l'animal... Tic, tac, le lapin est en retard. Me voici figé face à un miroir, «lui, être lui», j'ai honte de m'avouer que c'est un fantasme qui est sur le point de devenir réalité. Et ça me fait peur. Je retire délicatement mes lunettes et je me regarde. Je suis déjà lui, c'est son visage. Moi je ne suis qu'une pâle copie, le numéro bis raté. Est-ce que je pourrais être convaincant face à la femme qui m'attend? J'ai trop de questions en tête. Pourquoi? Comment? L'importance de ce rendez-vous?

L'heure tourne, tous les serveurs accourent pour choyer la poule qui patiente un peu trop. Champagne, cigarette, aucune loi ne s'accorde à elle. Ici, dans le salon privé, elle est seule et fait ce qu'elle veut. Au Galantin, elle est connue comme le loup blanc. Mais qui est-elle? Personne ne la connaît vraiment. Tout ce que l'on sait, c'est qu'elle est sexy, grossière, peu aimable sauf pour laisser un pourboire de cent euros. C'est comme ça qu'elle achète sa place. Certains disent qu'elle est une nouvelle riche. Elle-même raconte, à qui veut l'entendre, qu'elle a gagné à l'Euro-Million. D'autres rapportent des histoires dramatiques : sa famille était noble et fut assassinée. Elle serait la seule survivante et l'héritière d'une grande fortune... Serait-elle la princesse Anastasia super botoxée? Il est impossible de la cerner, son masque vivant l'empêche de montrer toute émotion. La seule chose que l'on peut certifier, c'est qu'elle est fidèle au *Galantin* et surtout à Léopold qui semble lui accorder une attention des plus particulières...

Du haut du huitième, je contemple la suite et sa vue dégagée sur la légendaire ville de lumière. C'est magnifique, j'avais oublié à quel point. Je suis si envoûté que j'en oublie de rappeler Raphaël après ses huit appels en absences. Je voyage du bureau au salon, à la chambre laissée en vrac... Dans un angle de la pièce, sur une échelle type déco, accroché à un cintre, je trouve le costume de mon frère, son nœud orange et son badge *« Léopold »*.

Madame la poule s'impatiente. Elle contacte Léopold : messagerie. Les aiguilles de la pendule tournent avec rage pendant que je fais les cent pas dans la suite. Je suis sur le départ. La peur me ronge, les questions m'obsèdent. Je suis Léopold, je suis Léopold, me répété-je. Rien n'y fait, je n'ai pas en confiance en moi. Allez JB, lance-toi ! Je respire profondément, un, deux, trois, je m'agrippe à la poignée d'argent de la porte. Mon cœur bat à cent mille à l'heure. Je transpire, j'ai des auréoles, je ne peux pas y aller comme ça !

Minuit, dans le salon privé, la poule tournicote une mèche de ses cheveux qu'elle arracherait de colère si elle ne tenait pas tant à sa beauté. Les minutes tombent et les bulles de champagnes montent. L'attente est insoutenable. On ne fait pas patienter la poule aux oeufs d'or comme ça, non ! Décidée, elle se lève soudainement, abandonne un billet de cent euros sur la table et quitte les lieux pendant que moi je prends une douche française – je m'asperge de déodorant. Puis je décide de m'exercer un peu plus face au miroir ; être Léopold, je suis Léopold. Je dois parler comme lui, je suis lui. J'enchaîne les phrases, je me reprends, je ne crois pas en moi, toujours pas. Soudain, je m'aperçois que ses affaires personnelles trainent encore. Ce qui est étrange et inquiétant, ce n'est pas le fait de les avoir laissés comme ça à l'abandon, mais qu'il n'ait pas pris le temps de les ranger. Ce n'est pas son genre... Je fouille un peu et je trouve un paquet de cigarettes. Ah oui c'est vrai, il est fumeur, moi pas. J'ai toujours voulu porter ce petit vice. La cigarette fait si distinguée, si gentleman. Allez, j'essaye d'en allumer une. Je dépose le filtre doré sur mes lèvres et je me regarde longuement, ayant l'impression que ce nouvel accessoire me donne un côté mauvais garçon. J'allume ma cigarette et là, je m'étouffe avant même d'avoir réussi à avaler la fumer. C'est écœurant et décidément pas pour moi. Je l'écrase aussitôt, espérant ne pas devoir être face à l'inévitable plus tard. Mais il y a tellement de choses que je ne sais pas faire comme mon frère. Et on a beau être jumeaux, nous ne communiquons plus depuis des années… Soudain, Jennifer surgit subitement dans la pièce.

– Jean-Paul qu'est-ce que tu fous ?
– Je… Je…
– Pourquoi t'es habillé comme ça ?

Comme à la maison, à l'aise, Jennifer fouille dans les affaires de mon frère et troque mon nœud orange contre une cravate noire. Je la laisse m'habiller comme si elle était proche de moi, très proche. Je ne verrais qu'une seule personne me vêtir de la sorte, ma petite amie. Oh ! Jennifer est censée l'être ? Elle finit d'ajuster ma cravate et moi, je tente de l'embrasser. Surprise, elle me repousse et me gifle.

– Ça va pas la tête ? Allez fous le camp, t'es attendu.

OK, voici le coup de pied au cul qu'il me fallait. Jennifer m'observe d'un oeil interrogateur…

– Jean-Paul ?

Elle me met à l'épreuve, j'en suis sûr. Ce pseudonyme est sans doute une marque d'affection pour elle. Et moi, comme un imbécile, je ne me sens pas concerné. Elle se reprend alors :

– Léopold ?
– Oui ?
– Non rien…

Je fuis immédiatement de la suite royale, extrêmement embarrassé par la situation. Jennifer sent que quelque chose cloche chez moi…

Alors que j'erre dans les couloirs de l'hôtel en direction du fameux rendez-vous, Giovani, mon autre colocataire, gay assumé, s'est installé au bar du Galantin pour commencer sa nuit de travail. Toujours propre sur lui, amateur de whisky, costume Hugo Boss nuit glacée, il contemple sa nouvelle proie : Mister Grey. Un homme d'âge avancé, poivre et sel, qui, à en juger son apparence, serait de haut standing. À quelques mètres à peine de Giovani, le Grey sirote un cocktail, seul. L'attention de ce dernier s'égare volontiers sur le jeune Giovani qui lui fait les yeux de biche. Il renifle la bonne affaire. Prêt à attaquer, il est brusquement interrompu par Raphaël, surgissant de nulle part, en costume de Galantin.

– Mon petit sucre d'amour, je t'ai cherché partout...

Voix mielleuse accompagnée de gestes tendres exagérés, le Mister Concombre se fait un malin plaisir de faire fuir la prochaine victime de l'escort. Le visage de Giovani se décompose, il sort les crocs et les cornes. Enragé mais sans un mot, Giovani kidnappe Raphaël et l'entraîne dans une toilette. Enfermé dans quatre mètres cubes, Giovani – qui est à trois centimètres de la bouche de Raphaël – tente de comprendre la soudaine venue de son ami :

– Mais qu'est-ce tu fous là en serveur ?

– Mais et toi ? Qu'est-ce tu fous sans ton costume de travail ?

Les deux garçons se regardent longuement dans les yeux. La situation est tendue. Raphaël observe le costume de soie de son ami, son petit nœud papillon bobo-parisien, ses bijoux, ses chaussures vernies... tout l'attirail du Don

Juan. Il comprend très vite que lui et Léopold l'ont dupé depuis bien longtemps.

— En fait, le vieux c'est ton client c'est ça?
— C'est pas un vieux, OK?
— Ben non? C'est quoi alors?
— Un ami... un politicien!
— C'est tout toi ça : avoir des amis hauts placés qu'on se met dans les poches. En fait, toi et Léo, vous vous êtes bien foutu de notre gueule. Je comprends mieux pourquoi le travail de nuit porte ses fruits.

Avec un air pseudo ignorant, Giovani lui rétorque :
— Je vois pas de quoi tu parles.
— J'ai trouvé le site de Léo, enfoiré.

Pris au piège, Giovani ne dit plus rien. Soudain, deux employés vont faire leur besoin dans les urinoirs voisins. Giovani et Raphaël se taisent et épient la conversation depuis leur cabine.

— Devine quoi? Le gigolo, il a planté la poule!
— Non?

L'un d'eux brandit un billet de cent euros que la Rabbit a laissé en guise de pourboire.

— Hé regarde ça! Meeeerci Léopold!

Les employés rangent leurs bijoux de famille, tirent la chasse et quittent les lieux. Dans le quatre mètre cube, Raphaël tente de contenir ses émotions mais c'est difficile pour lui...

— En fait, tout le monde est au courant ici, si je comprends bien? Tout le monde sauf moi... Et puis tout le monde fait son marché, c'est ça? Putain. Bon... JB est ici.

– Quoi ?

Pendant ce temps au restaurant, alors que la poule a laissé une place vacante dans le salon privé, elle est offerte à Jessica Coste, une femme rousse, mâture, pulpeuse, cils de velours, veste de bison sur les épaules et perles blanches autour du cou. C'est l'archétype de l'épouse entretenue. Habituée à la gastronomie du Galantin, elle râle d'avoir été délaissée au profit de la poule, la décrivant comme une nouvelle riche de pacotille. Le bon serveur parisien n'entre pas dans le conflit et accompagne ainsi Madame Coste à la place tant convoitée du salon privé. Or, Jessica n'est jamais satisfaite et s'exclame :

– Non, je n'ai pas l'habitude de m'asseoir ici, je préfère la vue de l'autre table qui est…

– Le changement, c'est pour maintenant Madame. Bonne soirée !

Sec et magistralement courtois, il assoit Jessica à la place de la poule et s'échappe. C'est une grande déception pour elle. La vue l'importe plus que tout. Elle se réfugie au Galantin pour regarder la vie, pas pour être enfermée entre quatre murs rococo-cuculs. Elle pense alors que sa soirée est ratée, sauf que la vie est aussi faite de belles surprises…

En sueur, je fonce tête baissée au restaurant, traversant la grande salle, là où tout le monde me dévisage. Je me sens très mal à l'aise et je ne comprends pas pourquoi autant d'attention est portée sur moi. J'arrive à l'entrée du salon privé et je la vois, la rousse que mon frère m'a furtivement décrite. Étrangement, je m'étais fait une toute autre image. Elle est si… vieille ! Pourquoi rencontrerait-il cette dame ?

Seule devant un cocktail agrume, elle tient par la queue une cerise qu'elle noie dans l'alcool. Puis avec délicatesse, elle emmène le fruit charnu à sa bouche rosée pour pomper la liqueur. Élégamment, elle sort le noyau de sa bouche pour l'abandonner dans le cendrier aux côtés de quelques mégots. Je suis comme cette graine orpheline, jetée dans les cendres de tabac froid. Mon jumeau m'enfume et je le sais, mais je traverse quand même dans cette ambiance toxique comme un défi. Mode avion actionné, je marche, impétueux, en direction de ce rendez-vous qui m'est destiné. Vif, je m'installe soudainement à la table une bonne fois pour toutes.

– Bonjour Madame! Excusez-moi pour le retard. Heu… j'ai une question, d'habitude on se vouvoie?

Jessica est si surprise de ma venue qu'elle reste sans voix. Son silence me fait encore plus douter de moi. Je me sens comme un imbécile et le devoir de me rattraper…

– Excusez-moi, j'ai pris des cachets qui m'ont un assommé. Heu… En fait ils m'ont rendu amnésique, mais à court terme.

J'ai vraiment dit ça? Elle continue à faire les gros yeux, c'est pas bon signe. Mon dieu JB, elle sait que tu n'es pas Léopold. Rattrape-toi bordel! Je prends alors une grande respiration et peu importe les conséquences, je déballe tout!

– Bon, OK, excusez-moi, en fait, j'ai l'air d'un guignol… Je sais pas du tout ce que je dis, ce que je fais, ni pourquoi je suis là… Je ne suis pas du tout celui que vous avez l'habitude de voir. Je ne suis pas Léopold. Vous comprenez?

Dans ma tête, ça avait l'air clair mais je ne suis pas sûr que le message soit bien passé. Je reprends un mon souffle et je la scrute. Au coin de ses lèvres, un sourire est prêt à se révéler. Jessica prend un temps de réaction pour réaliser ce qui se passe puis éclate de rire à mon grand désespoir. Bon, j'ai au moins le mérite de l'amuser, ce qui est plutôt rare, je ne suis pas très bon pour faire rire une femme d'habitude. Elle continue de pouffer. Madame se moque-t-elle de moi ?

– J'ai dit quelque chose de drôle ?
– Non mais écoutez, vous débarquez comme ça... Oui, oui, vous êtes très drôle !

OK, je suis donc un clown ridicule.

– Et très charmant ! rajoute-t-elle.

Je retrouve le sourire.

– Donc, vous êtes qui, jeune homme ? On est dans un film d'action ? Vous êtes Tom Cruise ?

Je rougis comme une pivoine et je minaude sur mon siège essayant de paraître humble.

– Je n'ai pas du tout la prétention d'être... Vous trouvez que je ressemble à Tom Cruise ?
– Non, me dit-elle avec un très large sourire.

C'est le « non » le plus gentil et sincère du monde. Elle voit ma déception et surenchérit :

– Mais vous avez un petit côté Aladin.

Me voilà comblé !

– Justement ! Vous savez qu'ils se sont inspirés de lui pour dessiner le personnage ? Moi je suis fan de Disney, j'y vais au moins une fois par an. Du coup, je suis flatté de ressembler à Aladin. Même... s'il est plus beau.

Je m'emballe peut-être un peu. J'étais vraiment obligé de lui parler de Disney? Je suis ridicule... Elle ne décroche pas son sourire. Et soudain, je vois dans ses yeux une lueur, quelque chose que je n'avais jamais vu chez aucune autre femme. C'est un sentiment nouveau et inexpliqué, excitant et à la fois, ça me terrorise.

– Madame... Pourquoi on est censé dîner ensemble? Qu'est-ce qui vous amène ici?

Jessica me regarde avec cette étincelle et d'une voix posée me dit:

– Je vous attendais.

Oui, elle espérait l'imprévu et j'en suis. Je ne comprends pas cette situation mais faut-il tout expliquer? Parfois, il y a juste des moments à vivre. Pour une fois depuis longtemps, je me sens étrangement bien. C'était sans compter sur Raphaël qui débarque brusquement, en tenue de serveur, pour tout gâcher.

– Madame... Monsieur Léopold d'Arpajon. La carte des vins. Là...

Bien évidemment, il sait très bien que je suis Jean-Baptiste. Jouant le jeu, il m'ouvre la fameuse carte sur laquelle il a préalablement collé un message: «Ton frère est gigolo et elle c'est ta cliente» le tout associé avec un smiley. Mon dieu! Mes yeux sortent de mes orbites et tomberaient presque à terre tellement je suis choqué! Raphaël m'embarrasse d'une seconde carte. Sur celle-ci est écrit «On l'appelle la poule aux oeufs d'or». Là aussi, aucun de nous deux ne sait que nous nageons en plein quiproquos. Jessica n'est pas la fameuse poule...

– Monsieur, vous avez choisi ? dit Raphaël de manière théâtrale.

Jessica s'interpose :

– Puis-je voir la carte s'il-vous-plait ?

– Noooon ! m'exclamé-je, déstabilisé.

Elle ne doit pas découvrir les messages. Jessica ne comprend pas la situation. Raphaël me voit confus et prend alors des initiatives :

– En vérité Madame, je vous conseille de changer de restaurant. On vient de trouver un gros rat dans la cuisine…. Avec une grosse queue !

– Oh mo– n dieu ! s'exclame Jessica tout en attrapant son sac, prête à fuir.

Et là, je la regarde… Cela fait si longtemps que je ne me suis pas senti autant désiré. Ce feu que me porte cette femme m'a consumé en un rien de temps ! Peu importe nos rôles attitrés, je me fous à présent des intentions de mon frère. Ce soir, je serai un autre garçon. Ce soir, je veux vivre. Je rends alors la carte à Raphaël en y ajoutant avec aplomb :

– On va prendre un chardonnay.

Raphaël ne bouge pas, pensant inévitablement que je fais une énorme erreur mais moi, ça m'excite tellement. Alors que Raphaël mime un rat à madame Coste pour lui faire peur, j'insiste pour qu'il dispose. Sous mes ordres, le ludion quitte le salon. Je me retrouve à nouveau seul avec Jessica qui est mal à l'aise, toujours à propos du soi-disant rat.

– Vous ne voulez pas aller ailleurs ?

Que lui répondre ? Que ratatouille est un Disney ? Arrête avec les dessins animés JB, tu es censé être son gigolo... C'est insensé! Suis-je capable d'en être? Je me mets alors au défi. De manière inattendue, je saisis sa main qu'elle rapatrie aussitôt vers elle. Jessica, gênée par mon geste brusque, me blesse dans mon amour propre.

– Excusez-moi, je ne voulais pas vous embarrasser.
– Vous n'arrêtez pas de vous excuser.
– Excusez-moi, je pensais que...
– Arrêtez bon sang!

Elle perd patience. Est-ce moi ou l'idée qu'un rat passe entre ses jambes qui l'inquiète? Je demande alors confirmation:

– Je ne vous plais pas?
– Regardez-moi. On ne joue pas dans la même cour, jeune homme, dit-elle d'un air si désolé.
– C'est pas le propos... dis-je, étonné.

Pourquoi est-elle si sensible à mon geste? Comme un enfant sans aucune réflexion, je mets les pieds dans le plat:

– Vous n'êtes pas ma cliente?

Surprise, voire outrée, Jessica semble ne réaliser qu'à l'instant à qui elle a à faire.

– Vous êtes escort?
– Heu... Oui... non! Pourquoi vous avez l'air surprise? Vous attendez quoi d'un jeune?
– Crétin!

Déçue, Jessica me fuit sans prescription.

J'ai choisi un chardonnay parce que je trouvais que ça sonnait bien, ils disent tous ça dans les séries américaines. En fait, je ne m'y connais pas vraiment en vin. J'aime l'alcool mais je ne sais pas boire, je sais juste me bourrer la gueule au gala de médecine. Je noie alors ma solitude dans le chardonnay quand Giovani et Raphaël débarquent, s'installant face à moi.

– Ho ben alors ? On dirait que t'es presque déçu ? lance Giovani avec son petit air de garce ravie.

– Elle est partie... informé-je, larmoyant.

Raphaël, plutôt content de ce qu'il en résulte, ajoute gentiment :

– C'est peut-être mieux comme ça, non ?

– Pourquoi mieux comme ça ? Pourquoi moi, Jean-Baptiste, je ne peux pas être Léopold ?

– En même temps t'as rien à lui envier, dit Raphaël. On vient juste d'apprendre que c'était une pute alors...

Choqué, Giovani se gratte la gorge et regarde le Mister Concombre avec ses gros yeux de biche. Déstabilisé, Raphaël baisse la tête et trifouille la nappe...

– Enfin pardon Gio, toi c'est encore autre chose...

Giovani n'en est pas convaincu... Raphaël continue désespérément de se dépatouiller :

– Non mais toi t'es gay, c'est presque... normal.

– Je vois pas le rapport ! lui dit d'une mauvaise voix Giovani.

– Mais si, tu m'as compris...

– Non !

– Y'a rien de méchant dans ce que je te dis. Mais c'est vrai que les gays sont no limit, quoi. Ils ont plus de... Ça étonne moins, voilà !

Raphaël n'a pas de fond méchant, il est juste maladroit !

– OK! Tu peux me rappeler depuis combien de temps on vit ensemble ? Parce que, c'est pas comme si tu découvrais ce que c'était «un homo». Raph', être gay c'est pas un caractère, c'est une sexualité.

– Oui… bon… J'ai dit n'importe quoi, je m'excuse...

Giovani et Raphaël se retournent vers moi qui ai pris la poudre d'escampette pendant leur scène de ménage.

– Ben il est où ?

– Ben ouais, il est où ?

Comme si c'était la fin de ma vie, la dernière scène d'un film où le héros court de toutes ses forces pour rattraper sa bien-aimée, je zigzague entre les voitures prisent dans les embouteillages. J'essaye en vain de rattraper cette femme dont je ne connais même pas le nom ! Les lumières psychédéliques des champs Elysées me donnent le tournis, je n'ai plus de souffle et je sue comme un bœuf dans mon costard. Je ne m'arrête pas et je cours sans réfléchir, mais jusqu'où ? Quelle est sa voiture en fait ? Soudain, j'entends sa voix :

– Aladin ! me crie-t-elle.

Je tourne la tête pour voir au bon milieu de l'avenue une berline qui m'ouvre sa portière. L'adrénaline retombe, je me suis précipité avec fougue dans l'aventure sans raisonner une seule fois et maintenant, devant le fait accompli, j'ai peur. Ma peur, cette salope qui m'empêche de vivre m'aura à l'usure, je le sais. J'ai beau le savoir, j'ai beau me connaître, je n'arrive jamais à la surmonter. Pris entre deux voies, le trafic reprend doucement. Je suis à contre-sens, mon cœur bat de toute ses forces, je n'arrive pas à passer la vitesse. La berline qui m'accueillait ferme sa porte. Je suis alors prêt à rebrousser le chemin quand une fine goute effleure mon nez et refroidit tout mon être. Je regarde le ciel, Paris pleure encore ce soir et ma peur ricane diaboliquement. Quand une voix. Elle...

— Tu attends ton tapis volant ?

Fenêtre baissée, elle me parle depuis l'intérieur de l'automobile désormais à ma hauteur. Je prends alors un sacré courage pour ouvrir la portière, une force que je puise je ne sais où mais elle est en moi. Je m'installe à côté de...

— Jessica, Jessica Coste au fait.

Les poils de son manteau en fourrure effleurent ma joue. Elle se tourne, regardant les vitrines des Champs pour éviter mon regard. Puis, elle baisse sa fenêtre et allume une cigarette. Elle prend une grande bouffée de plaisir si bien que son rouge à lèvres colore le filtre. D'un geste raffiné, elle écarte de sa bouche la petite drogue pour recracher la fumée. Je la scrute, envieux de la copier mais je n'ose lui demander de lui en voler une. Jessica me devance et tend son paquet en guise de proposition. Me voilà à la portée de ma seconde tentative que ma Lady se régale de m'allumer. Cette fois-ci, je ne m'étouffe pas. En fait, je n'avale pas la fumée, je fais juste semblant, ce qui amuse Jessica.

— Madame... Je vous prie de m'excuser. Je suis désolé. Vraiment désolé. J'ai été maladroit, je sais. Mais je vous trouve vraiment ravissante et très gentille. Je voulais que vous le sachiez. Bon... Voilà. Je m'excuse encore. Bonne nuit madame.

J'attrape la poignée de la porte...

— Pourquoi m'avoir proposé un service indécent ?

— J'ai jamais fait ça... Je ne suis pas Léopold. Je suis nul en relations amoureuses. Tandis que mon frère... lui c'est le sulfureux Léopold ! Celui que tout le monde admire. Je voulais juste savoir si je pouvais être lui, si une femme comme vous, de votre envergure, aussi belle et intelligente pouvait s'intéresser à un type comme moi.

— Alors... Pourquoi ne pas avoir posé la question directement ?

— Je sais pas... J'ai trouvé ça plus simple. J'ai pas réfléchi.

Jessica regarde son chauffeur à l'avant :

— Garez-vous.

Monsieur s'exécute, la dévisageant. Curieux malgré lui, il a entendu toute la conversation et la juge d'un simple coup d'œil... Elle aura beau être la patronne, son argent ne peut rien contre la population stigmatisée par les clichés et standards de notre société. Que fait cette femme avec un gamin comme moi ?

Madame Coste se tourne, me regardant droit dans les yeux, et affirme alors sa personnalité sans fléchir, ni cligner d'une paupière :

— Et tu prends combien pour une nuit ?

Joie, peur, euphorie, angoisse, plaisir, excitation... tant d'émotions pour un seul sourire. Je dévoile autant de pas-

sion que de naïveté mais qu'importe, je suis moi. J'hésite à répondre mais Jessica, qui commence à me connaître, s'empresse de me devancer :
— Ne réfléchis pas et ne t'excuse pas !
Sur ce, elle quitte le cuir chaleureux de la voiture…
— Jessica ! Vous allez où ?
— Au distributeur.

Suite Royale. De part et d'autre du lit, Jessica et moi nous posons sous une veilleuse rosâtre. Nous sommes habillés et elle n'est pas pressée de retirer notre seconde peau. Je la regarde, brûlant de désir tel un vierge pressé de passer à l'acte. Elle, elle ne bouge pas et m'admire d'un sourire si gracieux et franc. Je m'agenouille sur le matelas, rampe vers elle et ses lèvres mais Jessica, d'un geste maternel et autoritaire, pose délicatement sa main sur ma bouche pour me ralentir. Je comprends que je vais vite en besogne et je hoche doucement ma tête pour accepter d'être dirigé. Cette femme m'émeut. Auparavant, je n'avais jamais regardé une dame et je découvre seulement aujourd'hui la beauté d'un visage marqué par l'âge. Elle a dû en connaître des aventures pour avoir autant d'assurance et de contrôle. Est-elle une habituée du genre ? Peu importe ce qu'elle est ou ce qu'elle était, elle est juste elle. Je la regarde avec tendresse, j'attends un signe pour la conquérir. Je brûle d'envie de découvrir toutes ses formes et ses lignes de vie mais je calme mes ardeurs, elle les contrôle. Jessica soigne chaque moment : elle m'attrape par la cravate et me tire vers elle, nos deux bouches s'attirent comme deux aimants qui se rencontrent. Un baiser.

Deux baisers. Trois… Peu importe ce qui se passera après, rien ne sera plus beau que ces embrassades exquises. Elle pourrait rester des heures dans mes bras, je la câlinerais jusqu'à overdose, jusqu'à qu'à la fin du monde. Moi, petit jeunot frêle et fragile face à la femme si tendre et la fois si dominante, je lui voue un respect inconsidérable. L'exceptionnelle me retire chemise et cravate et quand elle descend la fermeture Éclair de mon pantalon, je tremble comme une pauvre feuille. Ma peur démoniaque revient au galop. Jessica m'encadre, posant chaleureusement ses mains sur mes bras pour me rassurer. Et puis elle m'offre ce sourire qui me tue ! Elle me transmet une force telle que je n'ai jamais ressenti. Une fois que je suis totalement nu, Jessica me fait dos, rassemblant ses cheveux roux sur une de ses épaules :

– À ton tour.

Je lui retire alors ses vêtements jusqu'à qu'elle soit entièrement nue, allongée devant moi. Et c'est alors, à ma grande surprise, que je découvre dans ses yeux une certaine crainte. Aurait-elle peur que je juge sa peau flétrie ?

– Vous êtes très belle, lui confié-je d'une voix sincère.

À mon plus grand bonheur, son sourire revient m'ensorcelant. C'est ainsi que je me sens unique et chanceux. Je caresse toutes ses formes, son grain de peau, toutes ses coutures qui font d'elle la femme imparfaite, aimante. Je ne la quitte pas des yeux pour lui montrer que je n'ai pas peur de son image, non je n'ai plus peur.

Ce soir, à la lumière d'une nouvelle lune, je danse en elle sous sa direction et celle d'un œil mystérieux qui nous épie. À notre insu, un pervers se dissimule derrière le mur de la suite et peut jouir de nos ébats à travers le trou du tableau *Les Trois Garces*...

4
MISTER GREY

GIOVANI

L'infini. C'est le tableau qu'il y a au-dessus de mon lit, réalisé avec des capsules Nespresso dorées. Et toutes les nuits, je fais l'amour devant.

Ce matin, le bruit du trafic me réveille et le jour m'éblouit. Allongé confortablement dans des draps en coton, je cherche la chaleur du corps voisin. Ma main danse au rythme d'un pianiste imaginaire. Je ne sens aucune présence de monsieur. J'ouvre délicatement mes yeux en amande, il n'y a personne à mes côtés. Je m'appelle Giovani Bellahcino, je suis exclusivement le serviteur de l'homme, le baroudeur de l'amour masculin et l'amant secret de sa majesté Léopold. Je suis un garçon de chambre.

Ma suite est la Princière et elle n'est pas plus différente de la Royale. Nos chambres sont collées et nous partageons la même vue sur la Dame de fer. Seules les couleurs qui m'entourent varient. Ici, une palette claire et douce est à l'honneur, avec des touches de caramel et d'or, comme ma peau.

En caleçon, j'enfile une chemise pour être un peu plus sexy. Oui, parce que moi, je ne suis pas «tablettes de chocolat» mais plutôt «mousse au chocolat»! Pieds nus sur la moquette souple et tendre, je suis l'odeur de cigarette qui vient du salon. Mon client, Mister Grey, fume sur la terrasse, une tasse à la main. Il est déjà habillé, prêt à partir. Pour attirer son attention sur moi, je me dandine vers la cafetière. J'espère le retenir encore un instant. Pour moi, le premier café-clope est le meilleur moment de la journée et j'aime le partager avec mon client mais surtout dans le calme.

Ma tasse est prête et je rejoins Grey qui me contemple comme la Septième merveille du monde. Je fais couler la caféine dans mon sang, je m'éveille étourdi, pensant à ce que je vais bien pouvoir m'acheter aujourd'hui. Un sac Lancel? Non, j'en ai déjà quatre. Remarque, le bleu manque à ma collection. Gagner beaucoup d'argent est ma seule raison de vivre. Je veux pouvoir m'acheter tout ce que je veux sans compter!

Je zieute discrètement Grey, pensif également. Je l'aime bien cet homme, il respecte mon silence. Ensemble, on écoute ainsi les sirènes parisiennes. Je sors ma cigarette et la place au cœur de mes lèvres. J'adapte sa position en fonction de qui m'accompagne, c'est Léopold qui me l'a appris. Une cigarette est un accessoire qui dévoile beaucoup de chose sur notre identité. Comme on la fume, comme on la tient… Je suis à leur image, je m'accommode à eux. Toujours s'adapter, c'est Léopold qui me l'a appris.

Sous le dôme de pollution parisien, je prends ma dose de nicotine en paix, tandis que Grey fait sa cravate. Je le regarde faire et défaire, il m'amuse, il n'est pas réveillé. C'est bien, je l'ai épuisé, ça fera plus de pourboire. Je le laisse un instant batailler puis je décide de voler à son secours. Je pose ma tasse sur la table en bois et ma sucette à cancer dans le cendrier pour m'approcher de Grey.

– Je peux?

Sacrilège, j'ai brisé le silence! Grey me sourit et murmure un son inaudible que j'entends comme un oui. Je déroule et j'enroule sa cravate toujours sur le rythme du pianiste imaginaire qui joue dans ma tête. Oui, derrière ma forte personnalité sommeille en moi un musicien romantique et fleur bleue. Mais je ne le montre jamais. Être sensible est une faiblesse, c'est Léopold qui me l'a appris. Voilà, la cravate est faite, le nœud est impeccable et ça, ce n'est pas mon professeur d'art sexuel qui me l'a enseigné. Non, il m'a initié d'autres mesures comme se faire désirer. Attaché à son nœud, Grey et moi sommes à quelques millimètres. Statique, je le vois scruter mes lèvres. Je ne fais aucun geste, aucune avance, je le laisse craquer. Il a compris mon manège et m'offre un sourire ravageur. Je mordille mes lèvres pulpeuses pour m'accrocher à mes convictions mais, comme on dit, le meilleur moyen d'éviter la tentation, c'est d'y céder. Le désir est trop fort, adieu les règles! Je tire la cravate vers moi et embrasse Grey avant qu'il me quitte. Si Léopold était là, il n'approuverait pas. Mais c'est bien ça le problème, il a disparu. Je ne m'inquiète pas, c'est de coutume, Léopold est un aventurier, il doit bronzer sous le soleil de Bora-Bora avec une de ses clientes surement.

Sur le départ, mon Mister me tourne le dos pour remettre discrètement son alliance. Je ne le regarde pas faire, je fais mine de ne pas comprendre. Il ne se tourne plus, l'homme que j'ai rencontré cette nuit s'est envolé.

– Au revoir, Giovani. Je t'ai laissé l'argent sur le chevet.

– J'ai vu merci. Si on a un prochain rendez-vous, faudra prévoir de les mettre dans un livre.

– Ah bon ? Pourquoi ?

– Je veux te lire.

Encore un truc de Léopold… Toujours dos à moi, je sens le sourire craquant de Mister Grey. Il ne se retournera plus, non. Et c'est ainsi qu'il me quitte. Le reverrais-je ? Je ne devrais pas y penser mais je suis ainsi, sentimental.

Sept heures, je regarde sous le seuil de la porte et normalement je vois une ombre. Tous les matins Léopold est là, à m'attendre, parce qu'il veut partir avec moi. Mais je lui fais croire que je n'ai pas fini ma nuit pour partir seul… Je suis l'élève qui cherche à dépasser le maître, je me fais désirer. Je veux qu'il m'aime plus que tout et même si nos corps sont infidèles, nos cœurs n'ont pas à l'être. Ce matin-là, j'attends la silhouette sous le seuil mais rien, non, Léopold n'est pas revenu. Je patiente encore et je me rappelle, notre rencontre, ô combien j'ai tout fait pour qu'il m'aime…

Juin 2012, après le décès de ma mère et une énième dispute avec mon père – je lui ai annoncé que j'étais gay – j'abandonne tout pour courir à la porte d'embarquement direction Paris. Jeune italien naïf, un peu rondouillard, en quête d'identité et d'amour, la capitale française était un rêve absolu. J'ai appris la langue grâce à ma mère, originaire de la côte d'azur.

Après deux heures de vol, m'y voici, sur le sol de la ville romantique. Je pousse les portes de l'hôtel le plus chic et tape-à-l'œil que je trouve : Le Galantin.

– Ça fera 6 225 euros la semaine. Cela vous convient ? s'exclame d'une voix aiguë cette peste de Jennifer, la manageuse.

Je ne la connais pas encore mais je sais déjà que je vais la détester. Six mille... Heu... Je n'ose même pas répéter après elle ! Il y a vraiment des gens qui peuvent se permettre ça ? Jennifer hausse un sourcil, d'un air signifiant que je n'en ai pas les moyens. Je la vois jubiler, exerçant subtilement un pouvoir de supériorité ; pas de doute, je suis bien en France. Pourtant, mon accoutrement est soigné. OK, ça doit être marqué sur mon front que je suis un touriste. Qu'importe ! Je vivrai d'amour et d'eau fraîche s'il le faut, je serai un artiste bohème mais je ne me rabaisserai pas à la bimbo de l'accueil.

– Je vais prendre un mois !

Jennifer perd son sourire, très surprise de ma réponse.

Suite Princière, c'est ici même que je pose mes bagages. Il fait déjà nuit et je regarde les carrefours lumineux de la plus belle jungle du monde. Soudain, l'angoisse m'envahit, je me sens seul et insécure. Ce qui m'attirait me fait pâlir. Au-dessous du tableau à capsule Nespresso, je décide de me blottir dans le lit king-size, face à *Danse avec les stars*, avec un double cheeseburger commandé et une glace café caramel pour le dessert. Aaah, me voilà tranquille, apaisé. L'hôtel est si calme que je m'endors comme un bébé.

Soudain, un cri me réveille. Trois heures huit du matin, j'entends les ébats de la chambre voisine, avec madame qui hurle comme si on l'égorgeait. Je la soupçonne de simuler ou son étalon est un as! Les sons persistent, je ne peux pas me rendormir. Vraiment, je dois subir ça? Je m'étouffe dans les coussins pour amortir le bruit. Mais c'est comme une rage de dent, essayez de ne pas y penser et le mal vous consume tout de même jusqu'à vous rendre dingue! Aigri, je me redresse et frappe d'un coup sec contre le mur. Là, une capsule de l'infini se décolle du tableau. *Fuck*! Je la ramasse pour tenter de la remettre à sa place quand je m'aperçois que cette fameuse pièce dissimulait un trou! Et cette ouverture donne sur la chambre voisine. Tiens, c'est étrange… Un trou dans un aussi bel hôtel? Un trou? Ce ne serait pas décent de ma part de regarder ce qui se passe dans la chambre d'à côté…. Voyons… Mais comme je suis un irréductible curieux, je pose alors mon œil devant. Et là, je le vois : Léopold! Mon cœur s'emballe, je ne respire plus, cet homme est splendide. Je le fixe, observant chacun de ses moindre faits et gestes. Il est le charme incarné, la douceur sauvage. Je n'ai qu'une envie, être dans ses bras, être à la place de cette femme. Réveille-toi Giovani, ce gars-là est hétéro et moi je ne suis qu'un pauvre puceau, avec des kilos en trop. Je n'ai aucune chance.

Les journées passent, je ne visite pas Paris, je n'en ai plus envie, obsédé par ce qui se passe dans la chambre d'à côté. Tous les soirs, je l'observe, l'étalon ramène une nouvelle femme, souvent de la classe supérieure et plus âgée que lui. Une idée piquante me vient en tête : serait-il un escort ?

Lundi, Léopold reçoit Lady Vegas. Jeune cadre dynamique et belle femme, elle semble avoir beaucoup d'argent mais peu de temps pour l'amour. Maître du jeu et selon ses conditions, elle jouit tout en faisant affaires au téléphone. Mardi, Lady Boy, lesbienne, demande à monsieur d'être donneur de sperme. Suivante ! Lady Crazy est une folle hystérique de cinquante ans, avec une triple personnalité. Difficile de faire l'amour avec plusieurs femmes en une ! Mercredi, une jeune de vingt ans fêtarde, Lady Birthday, entre dans la suite déserte. S'offre à elle un gros gâteau géant d'où sort Léopold « vêtu » d'un accoutrement loufoque. Au début, c'est la surprise, l'excitation totale, des rires qui camouflent un manque de confiance. Ensuite, c'est l'inquiétude, elle n'a pas l'habitude de recevoir un cadeau du genre. Puis, il y a la tentation... Jeudi, sûrement la plus improbable des femmes, physique ingrat, frappe à la porte : Lady Medium. Quarante ans, célibataire et l'air désespérée, elle dit voir l'avenir dans la jouissance. Sans broncher, Léopold joue le jeu et gagne au passage une consultation gratuite. Elle lui prédit un avenir sombre, des aventures désastreuses et des années de solitude. Mais il finira par trouver la paix et le grand amour caché derrière le mur, raconte-t-elle… Vendredi, Lady Chocolate, une femme noire qui se plaint du racisme des gens, entre en ces lieux. Elle connait une pauvreté sexuelle et n'a jamais eu de relation avec un blanc avant Léopold. Aventurière et transgressive par nature elle fait l'amour avec lui pour découvrir de nouveaux horizons. Menotté, giflé, fouetté, monsieur se laisse soumettre. Samedi c'est Lady Granny, une femme qui pourrait être sa grand-mère. Mamie Girl cherche avant tout de l'accompagnement pour visiter les musées. Dimanche, concours de beauté ou de rivalité ? Lady Everlasting s'invite dans la suite avec son héritière ! Mère et fille, jalouses l'une de l'autre, réclament l'avis de l'étalon pour trancher sur le terrain. Qui est la plus belle ? Léopold a toujours la phrase qu'il faut en toute circonstance :

– Toutes les femmes sont les plus belles. Mais chacune a sa particularité.

Léopold a gagné son dimanche. Le point commun de toutes, c'est qu'elles le vénèrent, c'est le dieu Eros réincarné. Il a du savoir-faire. Galant et intelligent, au charme indéniable, à la musculature ferme et discrète, il est dominant, soumis, viril, sensible. Il laisse chaque femme prendre le pouvoir sur lui. Quel est son secret ?

Je m'identifie à toutes, je rêve d'être à leur place. Certains soirs, je ne regarde plus, j'écoute. Allongé dans mes draps, je me masturbe en même temps qu'ils font l'amour. Je l'ai dans la peau. Je fabule une histoire d'amour avec lui. Dans mon fantasme, c'est l'homme de ma vie et on finira ensemble, mariés. Tous les soirs, sous la lumière de la tour Eiffel, je jouis à plusieurs reprises. Je ne m'arrête plus, obsédé. Encore et encore, mon sperme s'imprègne dans ma peau. Tel un papillon de nuit, je dors le jour, je le guette la nuit, je ne sors plus et je me masturbe jusqu'à usure, jusqu'à en avoir mal.

Un soir de canicule, le dieu de la chair reçoit une nouvelle femme, Lady Cupcake. Après leurs ébats, comme toutes, elle lui offre un livre et pour la première fois, je le vois l'ouvrir. À l'intérieur est dissimulé de l'argent. J'avais bien compris la situation depuis un moment mais c'est confirmé, Léopold est bien un travailleur du sexe! Soudain, une chaleur intense m'envahit. Rempli d'espoir, l'homme de mes rêves est à ma portée. En le payant, j'aurais l'amour que je voudrais. Parce que l'argent achète tout, mon père me l'a suffisamment répété. Mon euphorie est interrompue subitement par un regard inattendu. Seul dans la chambre bleu roi, Léopold lève les yeux sur moi. Il voit mon œil à travers ce trou. Oh mon dieu! Paniqué, je m'écarte et referme expressément le trou à l'aide de la capsule. Terrorisé, je m'agrippe contre le mur essayant de m'y accrocher bêtement. Petit à petit, je relâche la pression. Quand soudain, on frappe à ma porte. C'est Léopold! J'attends qu'il s'épuise et qu'il parte.

Costume sombre hors de prix, nœud papillon en bois, une semaine plus tard je me suis décidé et voilà assez guindé pour le rencontrer. Un soir d'été où tombe une pluie tropicale dans la capitale. Je frappe à sa porte, sans l'ombre d'un rendez-vous, mais une bouteille de champagne à la main.

– Entrez! dit-il, pensant surement que c'est sa prochaine cliente…

Je prends mon courage à deux mains, j'entre et je le vois, tout près de moi. Monsieur Léopold d'Arpajon se contemple dans le miroir et ajuste sa cravate grise. Je me donne un air suffisamment distingué et sûr de moi pour pallier à ma peur. Sans gêne, je m'installe directement sur son lit alors que Léopold me regarde faire, interloqué.

– Vous faites quoi?
– On dit que vous êtes escort.
– Et on dit quoi sur vous?
– Qu'il vit à l'hôtel depuis quelques mois. Je m'appelle Giovani Bellahcino.
– Giovani, tu peux repartir avec ta bouteille, je ne fais pas les hommes.
– Je te paye le double.

Je remarque qu'il réfléchit, il aime l'argent, mais il revient à ses principes et me dit…

– Non.
– Le triple!
– Non! rétorque-t-il, ici sans aucune hésitation.
– Tu pourras faire ce que tu veux de moi. Je serais l'actif ou le passif. Peu importe.
– J'ai dit non.

Il commence à s'énerver alors je tente de l'amadouer avec toujours plus.

– Je te donne tout l'argent que tu veux.

Il réprime un rire.

– T'es pas sérieux?

Je ne réponds pas, lui faisant les yeux de biche.
— Et… Combien tu as, à m'offrir ? ajoute-t-il.
Ah… Une lueur d'espoir, l'argent le réveille.
— Beaucoup, lui dis-je avec assurance.

Léopold s'installe alors à côté de moi. Oh mon dieu, il se rapproche !

— Giovani… Si je fais ça, il me faudra bien plus qu'un simple « beaucoup ». Combien ?

Je tente de caresser son visage, mais il s'éloigne aussitôt.
— Sois un peu romantique...
— Parlons business avant.
— T'es plus glamour avec les femmes.
— Comment tu peux savoir ça ?
— C'est ce qu'on dit.

J'amorce un baiser mais ce dernier est réfractaire. Alors, je tente le tout pour le tout. Je me penche à son oreille pour lui chuchoter…

— Dix mille euros.

Soudain, les yeux de Léopold brillent. L'argent le domine, il a le pouvoir sur lui. Je gagne le contrôle et il me contemple imaginant l'odeur des billets.

— Tu peux me montrer cet argent ?

Il a des doutes. J'ajoute alors d'un ton ironique pour détourner l'attention :

— Désolé, je n'ai pas ça dans mon sac à main. Je peux te faire un chèque ?
— Non.
— Il va falloir y mettre du tien.
— Un virement.

– Un chèque. C›est à prendre ou à laisser.

Léopold est hésitant. Il ne veut pas passer à côté de cet argent. À la fois, je sens qu'il n'a pas confiance en moi. Alors, il me dit une fois de plus «non»! Je tente ainsi un coup de poker. Je me déplace vers la sortie, comme si je fuyais, assez lent pour qu'il est le temps de me rattraper. Songeur, Léopold tombe dans le panneau…

– Giovani! Si j'accepte, je te demande d'être discret. Je ne veux pas que tous les pédés frappent à ma porte.

Dos à lui, je jubile d'avoir presque gagné. Mais, étrangement, je sens une pointe de dégoût quand il emploie ce terme péjoratif «pédé». Je suis assez étonné, je le pensais plus ouvert que ça. Je me retourne vers lui, un sourire de vainqueur et je m'impose:

– À une condition Léopold… Je veux que tu me traites comme toutes tes clientes. Pas comme une femme, bien sûr. Mais comme tu as l'habitude de faire: Avec tendresse, calme et diplomatie.

– *On* t'a dit ça aussi?

Accentuant sur le *on* comme s'il évoquait une personne en particulier. Penserait-il au mystérieux inconnu du trou? Je sauve les apparences en lui répondant:

– Tu es célèbre!

– *On* ne me l'avait pas dit.

– Bon! Nous avons fixé notre prix, maintenant parlons du bon moment à suivre.

– D'accord. Faisons connaissance, tu veux. Discutons!

Léopold s'avance vers les fauteuils, là où il a l'habitude de faire sa petite séance de psychanalyse à trois sous.

– Discutons… Non… Ça c'est pour les femmes.
– Tu veux commencer par quoi alors ?

Léopold se tourne et découvre mon corps de bébé boudiné. Oui, je suis déjà nu et à peine pressé…

– Ah… ça me semble plutôt clair… ajoute-t-il.

Je ne le quitte plus du regard, craintif. Je veux qu'il me rassure, qu'il me prenne dans ses bras, que je sois assez beau pour lui. Je veux vivre quelque chose d'exceptionnel pour ma première fois.

– Je t'attire ? lui demandé-je, mais il ne répond point.

Habituellement, il couvre les femmes de mensonges pour les séduire. Avec moi, il reste étranger, étrangement muet, dissimulant un mal-être. Normalement, il n'appréhende pas ses passes, il les vit avec passion, comme un addict. Je ne suis peut-être pas assez attrayant, pourtant, je ne suis pas le plus moche de son catalogue. Comme deux chiens battus, on se rapproche l'un de l'autre dans un silence obscur. On entend la pluie sauvage frapper sur les carreaux. Je tente une fois de plus de l'embrasser mais un éclair le distrait. Il tourne la tête, encore. Le coeur hardi, je prends les initiatives et ce malgré la trouille qui me ronge. Le désir me donne du courage. Je lui enlève sa cravate et déboutonne délicatement les boutons de sa chemise. J'embrasse ses pectoraux, abdominaux, je contourne le nombril puis j'arrive à la fermeture éclair de son pantalon. Ziiip ! Léopold se laisse faire. À genoux devant lui, je descends son caleçon dans l'idée de lui faire une fellation. Je ne sais pas trop comment m'y prendre, c'est ma première fois. Je suce son membre comme un réflexe primitif. Il se laisse faire, prenant du plaisir, trahi par ses petits gémissements. Avec la langue, je taquine son frein. Ses mains tombent sur moi, il caresse mes cheveux, il se détend. J'accélère le rythme et son souffle s'intensifie quand soudain, Léopold m'arrête pour ralentir la cadence.

On s'allonge ensuite sur le lit, face à face. Je me rends bien compte que de se voir le dérange. Je caresse sa barbe mais il me repousse encore. Déconcerté, je ne sais plus comment m'y prendre et je me replie sur moi-même, dans un coin du lit. Je regarde à travers la fenêtre la pluie violente tomber. L'orage gronde. Dos à lui, je retiens mes larmes, je n'avais pas imaginé ça comme ça pour ma première. Moi qui pensait que je pouvais acheter l'amour. Mon père aurait-il tort? Ce sentiment me semble difficile à soudoyer. En définitive, est-ce qu'il existe vraiment? Ou n'est-il que fantasme, comme Léopold? Soudain, je sursaute quand la foudre tombe sur le Galantin, le plongeant dans un noir total. Je ne sais pas si c'est l'obscurité qui déclenche en moi une peine si profonde mais je ne puis me retenir plus longtemps. Mes larmes tombent en cascade. Il est impossible pour Léopold de ne pas m'entendre. Puis, dans un élan inexpliqué, il me chevauche. Au-dessus de moi, il me contemple longuement. Je me calme. Sa tendre main se pose sur mes joues pour essuyer mes larmes. Il prend les choses en main, enfin. Sa bouche se rapproche de moi lentement. Comme si le temps s'arrêtait, qu'un nuage flottait au-dessus de nous, que la pluie tombait au garde-à-vous, nous sommes noyés dans les draps du Galantin, des naufragés de l'amour. Mon corps s'enflamme, je suis l'immortel attendant ce baiser. Je suis menacé par une douleur intense et jouissante, je le veux. Je le laisse s'accrocher à mes lèvres pour goûter les siennes. Je déguste le félin. Emporté, d'un geste instinctif, j'attrape ses parties intimes mais il m'interrompt posant son index sur ma bouche en guise de me calmer. Il prononce un *chuuut* si silencieux, d'un timbre impénétrable, que j'en frissonne. Léopold prend le temps de me contrôler. À petit feu, entre caresse et baiser, sa confiance revient et il se réincarne en bête, si bien, que je n'ai plus aucun contrôle sur ce qui vient. Il me retourne en guise de me mettre dans la position du passif. Je suis paralysé. Je ne le vois plus. J'entends le bruit de l'emballage du préservatif qu'il déchire, la pompe du lubrifiant qu'il sollicite et à plusieurs à reprises. Il enfonce doucement ses doigts pour préparer l'entrée de mon intimité. Je suis excité mais j'ai atrocement peur. Puis, il me pénètre assez brutalement, sans me demander si je vais bien. Je m'accroche à la couette, je la mords, je souffre. Il m'attrape par mes bouclettes, me tire les cheveux violemment. Le mal est en moi, je souffre terriblement. Alors, pour me soulager, je me branle en même temps ; ce qui m'aide à évacuer la douleur physique. J'essaye de penser à autre chose, d'oublier ce que je subis. Léopold n'arrête pas la cadence, il ne se soucie pas un seul instant de moi. Je tente de tourner la tête pour voir son visage mais il m'en empêche, me placardant contre le matelas. J'endure, c'est la tempête. Il s'accélère, son souffle chaud me fait transpirer. C'est un supplice. Je continue de m'astiquer, je sens que je vais jouir et plus je m'approche du moment fatidique, plus mes muscles se lâchent et moins j'ai mal. J'arrive à profiter un laps de temps de la situation, presque à l'aimer, presque. Mais c'est extrêmement court. Ça vient! J'éjacule, oui, partout, sur moi, sur le matelas. Et là, tous mes muscles se rétractent instamment. La souffrance revient en puissance. Or, Léopold n'est pas à son apogée. Mécontent, il me frappe brutalement. Je veux qu'il sorte, je n'en peux plus mais je ne dis rien, il ne me laisse pas le choix. Comme si, à ce moment-là, il me punissait de lui avoir demandé... Face au mur bleu roi, que je scrute profondément, j'attends dans la tourmente qu'il conclue. Ce moment dure une éternité.

Il n'aura jamais terminé de me soumettre. Jamais. Et pour cause: le lendemain, je découvre que mon père m'a coupé les vivres! Redevable, je dois dix mille euros à Léopold. Alors, après avoir subi les foudres de mon futur maître, je plie le genou et deviens sa propriété, soumis et prisonnier de son influence à perpétuité. Je l'aime. Mois après mois, année après année, je rembourse ma dette. Et par le plus grand des hasards, je gagne l'inattendu: la tendresse de monsieur d'Arpajon. Pouvons-nous parler d'amour? Mon non, je suis seulement son premier apprenti...

Aujourd'hui, dans la suite princière, j'attends l'ombre de Léopold sous la porte, mais elle n'arrive pas. Alors, je m'empresse d'aller dans ma chambre caramel regarder à travers le trou. Dans la suite Royale, j'avais presque oublié que l'apprenti gynéco avait hérité du fidèle rendez-vous de madame la poule. J'observe le frangin tout nu se réveiller. L'enflure, il est aussi bien foutu que Léopold. Face à lui, assise confortablement dans un fauteuil, une rousse inconnue…. Oh le boulet, il s'est trompé de Lady !

Sur le lit, Jean-Baptiste se met en position assise et dévore des yeux Jessica qui met son manteau de bison. Il l'interpelle :

– Vous partez ?

Elle ouvre son sac, sort son porte-monnaie et compte son argent. Jean-Baptiste voit la couleur des billets de cent pour la première fois et s'exclame :

– Waouh ! C'est pour ça qu'on vous appelle la poule aux oeufs d'or ?

Jessica pouffe.

– C'est quoi ce pseudo ridicule ?

– C'est pas moi... C'est mon frère, Léopold. Celui que vous avez l'habitude de voir...

– Je ne connais aucun Léopold.

– Quoi ?

Et là, Jean-Baptiste comprend son erreur. Après avoir rassemblé le compte, Jessica pose une liasse de billet sur le matelas, face à son escort. Il n'ose pas les prendre, ne réalisant pas qu'il s'est prostitué cette nuit-là.

– Non, non, je ne peux pas prendre cet argent.

Madame Coste ne l'écoute point. Elle rassemble ses effets personnels, faisant tomber son portable. Aimable, Jean-Baptiste rattrape par réflexe l'objet à terre. Il s'égare malgré lui sur une photo de famille en fond d'écran. Déçu :

– C'est votre fils. Et votre mari.
– Kevin et Franck.
– Qui êtes-vous ?
– Ta cliente, Aladin.

Jessica récupère son portable, met ses lunettes Prada – il pleuviote dehors – et se lève de son fauteuil dignement.

– Madame Coste ? Pourquoi vous avez passé la nuit avec moi ?

Elle le regarde, émue et touchée par sa naïveté puis l'embrasse tendrement pour la dernière fois…

– Il te reste beaucoup à apprendre mon petit. *Ciao, Carino.*

Telle une diva, Jessica Coste quitte la suite Royale.

Jean-Baptiste est triste de se retrouver tout seul. Puis, il regarde longuement devant lui son argent, n'osant pas le toucher. C'est à lui mais il ne réalise pas, non. Lentement, sa main s'approche des billets pour les compter. Cent, deux cents… 1500 euros la nuit ! Ensorcelé par la somme, il en oublie ce qu'il a dû faire pour la gagner. Appâté par le gain, un léger sourire apparaît sur son visage.

Toc, toc, toc ! En costume de *Galantin*, nœud papillon orange, je m'impose sur le seuil de la suite Royale. Mon bien aimé Jean-Baptiste vient m'ouvrir, la tête en vrac me snobant. Entre lui et moi, c'est une grande histoire d'amour… Moi, Giovani, je ne suis rien de plus qu'une pièce rapportée à l'équipe. Raphaël est leur ami d'enfance, ça toujours été un trio : lui et les jumeaux. Alors que moi, je ne suis que l'amant secret de Léopold, le garçon qui a débarqué du jour au lendemain sans explication. Mon franc-parler, mon caractère bien trempé et ma sexualité assumée ne plaisent pas à Jean-Baptiste. Sans doute est-il jaloux de ma relation privilégiée avec son frère ? Sans doute. Je pense avoir fait beaucoup d'efforts pour créer un lien avec lui mais en réalité, nous sommes deux personnalités opposées, deux astres séparées par l'univers. Impossible de se rapprocher. Lui, il est plutôt vielle France, un tantinet homophobe, introverti, réservé et peu courageux. Il ne m'aime pas et avec le temps c'est devenu réciproque.

Je m'invite dans la suite, restant dans le coin salon, pendant que monsieur le nouvel escort se rhabille dans la chambre bleu roi. Je m'installe aisément dans un fauteuil baroque et j'allume une cigarette, ce qui dérange fortement mon cher ami. Ce dernier s'empresse d'ouvrir les fenêtres pour laisser circuler la fumée.

– T'en veux une ? lui proposé-je, vicieux.

– Non merci, j'aime pas ça, tu le sais, répond-il d'un ton suffisant.

C'est tout à fait ce qui m'exaspère chez lui, son air supérieur et son côté « trop propre ». Son corps si dessiné ne présente aucun excès, sans l'ombre d'un défaut. Histoire de se la jouer rebelle, il a un tribal insignifiant près du téton gauche ; seule marque qui le différencie de son clone naturel. J'ai parfois envie de le salir, que sa peau soit un musée d'histoires érotiques. Je voudrais être le créateur. Je serai l'artiste, il sera mon œuvre, je veux le posséder. Comme Jean-Baptiste, je me surprends parfois à vouloir être Léopold, le maître. Parce que nous sommes tous ses soumis, nous sommes ses victimes mais aussi des dominants en devenir. Parce que nous ne valons pas mieux que les hommes qui nous gouvernent, nous sommes des garçons grandissants dans la capitale et rêvons de lumière. Mais nous ne sommes que des putes. Et Jean-Baptiste est l'intérimaire de son frère.

De ma place, je le vois dans la chambre trifouiller son argent, lui donner une attention des plus particulières puis il le range soigneusement, comme si de rien n'était pour éviter d'attirer mon attention. Trop tard, je l'ai vu. C'est bien ça le problème de ce métier, c'est que le vrai dominant c'est l'or. Et l'argent commence déjà à le gagner. Je vois déjà les couleurs du tableau. Petit à petit il se transformera et deviendra comme moi et Léopold. C'est une évidence, il a franchi la barrière, la première étape étant la plus dure à passer. Il faut dire qu'il a eu de la chance pour son initiation. Madame Coste est une femme respectueuse. Ça aurait pu être pire, il aurait pu tomber sur la poule aux œufs d'or, comme prévu... ça n'aurait pas été la même chose. Sans filtre, j'entre dans le vif du sujet :

— Si tu veux prendre la place de ton frère, va falloir lui ressembler davantage.

Jean-Baptiste me rejoint dans le salon, restant debout face à moi pour garder de la hauteur. Méprisant, il me dit :

— C'était juste un soir !
— Jusqu'au prochain.
— Sûrement pas !

Essayant de s'en convaincre, c'est tellement flagrant. Nous échangeons un regard de feu. Un silence de mort règne. Je fume ma cigarette sans le quitter des yeux, essayant de le déstabiliser mais il ne fléchit pas, jouant au plus fort. Lui et moi, nous sommes toujours dans la dualité.

— JB, tu t'es planté... La meuf que t'as baisée, c'était pas la poule.

— Et qu'est-ce qu'elle a de si important cette femme? Tu la connais?

— Désolé, je ne fais pas la gente féminine, rétorqué-je avec toute l'ironie du monde.

— Giovani, s'il te plaît, sois sérieux.

Il s'installe enfin dans le fauteuil face à moi. Je lui accorde alors des réponses:

— Oui, je la connais... comme tout le monde ici.

— Dis-moi où je peux la trouver.

— Et tu vas faire quoi?

— La rencontrer. Lui poser des questions. Comme... Pourquoi mon frère tient tant à elle? Ou encore... Est-ce qu'elle sait où il est?

— Léo va revenir très vite... Tu le sais.

— Non je ne le sais pas. Je ne suis plus sûr de le connaître désormais.

— Moi, je ne me fais aucun souci pour lui.

— Évidemment, il n'y a que ta petite personne qui t'intéresse.

Je le méprise du regard, histoire de lui montrer une fois de plus mon amour. Avant d'écraser ma cigarette, j'aspire une dernière bouffée et je me fais un malin plaisir de lui recracher tout dans la figure. Dérangé, ma victime bien aimée agite la main devant lui pour repousser la fumée.

Tout à coup, notre Mister Concombre adoré débarque dans la suite, en tenu de groom, poussant un chariot prout-prout petit déjeuner. Raphaël tente de nous réunir dans une ambiance dentelles et croissants au beurre. Mais l'odeur de la boulangère ne calme pas les mœurs.

Jean-Baptiste continue de m'attaquer :
– Pourquoi c'est toi le confident de mon frère ?
– Je ne connais pas tout de lui.
– Pourquoi toi ?
– Tu es jaloux.
– Je veux comprendre, insiste-t-il.
– Parce qu'on avait le même secret...
– Et ?
– Parce que je l'aime !

On dit qu'il faut tourner sa langue sept fois dans la bouche avant de parler... Je n'ai pas réfléchi, comme toujours j'agis avant de penser. Peut-être qu'au fond de moi, ça faisait longtemps que j'avais envie de me débarrasser de ce poids. Mais Jean-Baptiste, qui fait l'autruche, me fixe sans vouloir comprendre tandis que Raphaël qui a très bien saisit, installe très gêné le petit déjeuner.

– Giovani.... Tu l'aimes, comme tu nous aimes. Comme un ami.

Et là, il était trop tard pour faire marche arrière.
– Non, lui dis-je.
– Mon frère n'est pas gay. Tu ne le touches pas ?

Essayant de s'en convaincre, toujours...
– C'était pas à moi de te le dire, je sais...

Et là, je vois son visage passer par toutes les couleurs. Vert de rage, il bondit de son siège, se jette sur moi et me met son poing en pleine face. Raphaël nous sépare tant bien que mal.

– Je veux plus te voir, dégage sale pute! hurle Jean-Baptiste.

Sans un mot, je quitte la suite précipitamment. Raphaël regarde mon agresseur, qui essaye de se calmer, l'applaudissant :

– Bravo, bravo JB! Il était temps que tu la fasses ta crise d'adolescence.

– Mon frère n'est pas gay!

– Si c'était le cas, c'est quoi le problème?

Évitant les confessions, Jean-Baptiste part s'enfermer dans la chambre, le laissant seul dans la suite. Si Raphaël est notre équilibre, un pilier dans notre colocation, je ne sais pas s'il sera assez fort pour nous consolider tous les trois. Parce que le vrai maître de notre groupe, c'est Léopold. Malgré sa force à nous dominer à tous, il est l'essence de notre histoire. Sans lui, notre trio n'est plus rien.

« Un œil au beurre noir », comment draguer avec? Neuf heures, dans les souterrains noirs de Paris, me voilà assis sur le cuir sale du métro parisien. Sous la lumière blanche, électrique, je regarde mon reflet amoché dans la vitre crasseuse en face de moi. Je sens les aisselles de mon voisin, les parfums trop forts et les mauvaises haleines. Le bruit assourdissant du wagon m'endort. Autour de moi, la génération Y écoute de la musique pour rester dans leur bulle et faire abstraction de la puanteur de nos quotidiens. Personne ne communique entre eux, j'aime ce silence bruyant. C'est ici que je vais tous les matins quand j'essaye d'éviter Léopold. Ligne une en direction de la Défense, à cette heure-ci, le train est peuplé d'hommes qui partent au travail ; je les adore ! Je les regarde tous. Jeunes, vieux, ils me plaisent. Ils sont en costumes, bleu marine ou cinquante nuances de gris, chaussures vernies sur le lino souillé, messieurs lisent la bourse ou les faits divers. Ils travaillent pour EDF, pour les banques. Ce sont des hommes d'affaires, des maris infidèles, des arnaqueurs, ils sont Paris. Quand je mets une cravate, j'ai l'impression de me déguiser, d'être comme eux, un homme important. Je fais tous les matins l'aller-retour pour oublier que je suis de la classe inférieure, un garçon raté, une petite pute.

5
LADY CHRISTMAS

JEAN-BAPTISTE

Noël, la fin de l'innocence.

En cette douce nuit d'hiver, je marche avec mes chaussures de ville en cuir dans la neige fondue, sur les Champs Elysées qui sont plus vivants que jamais. Les lumières brillent, suspendues comme mille et une étoiles ; sapins et ours polaires ont investi Paris et les lutins dansent dans les vitrines du Printemps. La capitale Française est la périphérie de la féérie les soirs de décembre. Noël sans progéniture, ce n'est pas une fête, c'est un moment à subir. Et moi je compte les Noëls passés sans ma mère, ma douce fée bleue qui m'a mis au monde. Noël je te hais au plus profond de mon être, parce que tu me rappelles l'enfant malheureux que j'étais. Si j'ai réussi à garder une certaine candeur, par je ne sais quel sortilège, j'oublie parfois que je n'ai pas toujours été celui que je prétends être : Jean-Baptiste d'Arpajon.

Cela fait trois mois que mon frère Léopold a disparu. L'inquiétude a pris le dessus. Raphaël, Giovani et moi avions déclaré son absence à la police. Mais, l'officier s'est bien moqué de nous quand on a expliqué la profession de Léopold… « Escort ». Qui se préoccupe de rechercher un prostitué ? Personne. J'aurais pu fouiller Paris, retrouver cette mystérieuse poule aux oeufs d'or, cherchant en vain des explications, mais par où commencer ? Parfois, on a juste envie d'avancer, d'oublier, espérant qu'il va bien et qu'il nous revienne. Après-coup, j'ai ressenti comme une trahison d'apprendre que mon frère est un vendeur de charme, qui plus est en relation avec Giovani. Il s'est confié et a partagé avec un inconnu plutôt que moi, ça me fait mal.

Je ne voulais pas mettre d'avantage les pieds dans l'univers de l'escorting. Ce n'est pas mon monde, c'est le sien… et celui de Giovani. Il faut dire qu'avec ce dernier en référent, ça m'aide à m'en dissuader, malgré ses multiples tentatives de me corrompre. Le seul et unique souvenir que je garde de ma première passe avec madame Coste, c'est une montre Fossil à trois cents euros que je me suis offert. Je ne vais pas mentir, j'ai pensé à récidiver, pour l'argent. Léopold avait pour habitude de couvrir mes frais de scolarité et les factures. Mon jumeau absent, je me demande encore comme je vais assumer le prochain trimestre. Il faudra que je trouve une solution. Comme dit si bien mon banquier :

« Nos parents pensaient l'avenir, nous, nous devons nous contenter du présent ».

Noël, c'est le mois des offrandes, parce que c'est comme ça, parce que c'est écrit quelque part, comme tout le reste. Raphaël m'a convaincu de mettre de l'eau dans mon vin avec Giovani. Me voilà alors poussant les portes de la parfumerie Guerlain pour trouver le cadeau idéal à monsieur Bellahcino. J'ai choisi cette marque, car je suis sensible à ses saveurs intemporelles. Guerlain, c'est toute une histoire de famille. Ma mère le portait, ma grand-mère et ma tante aussi. Aujourd'hui, mes trois emblèmes féminins ne sont plus là. Seul cet arôme peut réveiller mes souvenirs indélébiles. J'entre dans la maison de luxe en pull marinière, jean, caban marine, accessoirisé d'un foulard ; très bobo parisien. J'erre dans les allées cherchant le produit idéal qui dit « réconciliation ». Je tourne en rond devant les plus grands flacons pour hommes quand une jeune et belle hôtesse aux boucles d'or, aux yeux marrons bien ronds et pétillants, vient à ma rencontre. Robe rouge courte, sexy, classe, elle porte un bonnet à pompon blanc.

– Merry Christmas ! Puis-je vous aider monsieur ?
– Heu… Oui. Je ne connais pas trop les flacons pour homme.
– Est-ce un parent ?
– Un ami.
– Je vois… dit-elle avec sous-entendu.

J'ajoute sans entendre le quiproquo qui s'installe :
– Il faut que ce soit chic, et cher. Enfin… Que ça ait l'air d'avoir coûté cher. Il est gay.

Sur-enrichi, comme si les homosexuels aimaient pertinemment tout ce qui brille : idée préconçue, Giovani n'est pas comme ça… !

– Très bien monsieur. Votre petit copain est plutôt du genre…

– Pardon ? m'exclamé-je, n'étant pas si sûr d'avoir bien compris sa question.

– Mon petit copain ? Non, je ne suis pas gay !

Lady Christmas sourit.

– Désolé…

Malgré ses excuses, je vois dans ses yeux qu'elle doute, me prenant pour un refoulé.

– J'ai l'air gay ?

Elle n'ose répondre, j'insiste du regard. Elle se rapproche alors de moi et me chuchote :

– Oui !

– Eh bien vous vous trompez, j'ai l'air peut-être précieux, mais c'est parce que je suis escort … pour femme !

Qu'est-ce qui m'a pris de dire ça ? Doux Jésus Marie Joseph ! Je ne me suis pas rendu compte que m'annoncer comme travailleur du sexe est loin d'être plus gratifiant ! Mais, sur le moment, ça avait l'air fun. Christmas ne réplique pas et détourne l'attention sur les parfums. Elle saisit le grand flacon aux abeilles comme s'il était l'impérial.

– « *L'homme idéal* » à 465 euros, cela vous convient ?

– À ce prix-là, il n'est pas idéal.

– Vous parlez du parfum ou de l'homme ?

– Les deux, mademoiselle, riposté-je sans me décourager.

La jolie ouvrière me regarde avec des étincelles pleins les yeux, désireuse de voler mon miel.

Réitérer. Jamais...! *Galantin*, suite Royale, j'ai invité Lady Christmas dans la chambre bleu roi. Je dépoussière son long manteau des cristaux de neige artificielle. Puis, avec un sourire de criminel, elle le retire, prête à sacrifier son costume de mère Noël. Pour le jeu, elle garde son bonnet. Marinière et robe rouge volent dans la pièce. J'ôte les escarpins de la princesse et déroule ses collants. Dans les draps impurs du lit, je fais l'amour avec la femme de Santa Claus. Entre tendre caresse et jouissance démesurée, je ne réalise pas que je suis avec ma deuxième cliente. Simpliste, modeste, petite coquine jeune et jolie, selon moi, elle n'a pas le profil type. Ces draps trouvent forme avec des bourgeoises dévergondées, des business women libérées, des femmes excentriques qui ont l'argent. Elles sont le sel de l'amour. Christmas est le flocon rare. Je la perçois comme une petite amie, même si j'exerce un travail d'escort.

Après avoir fait l'amour, Christmas se blottit contre moi, cherchant la chaleur de mon corps en ces douces températures. Pensive, elle m'interroge :

– Ça fait longtemps que tu fais ça ?

– Tu es la deuxième...

Christmas éclate de rire. Je me sens comme un imposteur démasqué. Elle me sonde, caressant mon visage comme si elle fouillait à travers mes petites rides.

– Tu avais l'air tellement sûr de toi.

– J'ai juste été le garçon que tu voulais voir.

La mère Noël me chevauche. Joueuse, elle prend un ton d'aristocrate :

— Mon cher Jean-Baptiste, croyez-vous à l'amour ?

Très bonne question, pensé-je. Après réflexion, je lui réponds :

— Je crois à la passion. Elle est réelle... même si elle n'est qu'éphémère. Mais c'est bien de se contenter de ça aussi. C'est une autre manière d'aimer.

— C'est une drôle de façon de voir les choses.

— Ce n'est pas plus étrange que de passer sa nuit de Noël avec un garçon de chambre.

Christmas se rallonge à mes côtés, le visage qui s'attriste subitement et se confie :

— Je n'ai pas de famille. Tu es mon seul cadeau de Noël. Et... tu m'as coûté un bras !

Nous rions aux éclats, ensemble. Touché par son innocence, je me sens si proche. J'enroule mon bras gauche autour d'elle pour la ramener au plus près de mon cœur. Puis, affectueusement, j'embrasse son front. J'ajoute en chuchotant :

— Qu'est-ce qui te ferait plaisir ?

Elle réfléchit un instant puis s'exclame :

— Une pomme d'amour !

Sans cogiter, je me lève brusquement et je remets mon jean et ma marinière.

— Qu'est-ce tu fais ? me demande-t-elle, encore enroulée dans les draps.

Je lui tends ma main en guise de l'embarquer dans une folle croisière.

– Allons chercher cette pomme d'amour.
– Vraiment ? s'exclame-t-elle en se redressant.

Ses yeux s'émerveillent comme si je lui promettais l'impossible.

– Vraiment ! affirmé-je. Ce soir, je suis ton Guerlain.

Mon plus beau cadeau ce Noël, c'est son sourire. Il est magique ! Elle prend ma main et c'est parti ! Comme deux orphelins insomniaques, en quête d'aventure et de douce folie, nous fuyons en courant, oui, littéralement. Nous quittons ainsi le luxe du Galantin pour une nouvelle odyssée à la fête foraine.

Quelque part non loin de Paris, nous avons trouvé l'endroit magique. Sur les hauteurs de la grande roue, assis dans une cabine qui nous emporte, on mange cette fameuse pomme d'amour tout en dégustant le spectacle lumineux qu'offre les forains. Le doux vent de l'hiver nous rapproche. Comme deux tourtereaux mielleux et romantiques, on s'embrasse langoureusement avec nos lèvres sucrées. Puis sur terre, entre trampoline et barbe à papa, on s'investit pleinement dans la foire, nostalgiques d'un passé qu'on a trop peu vécu. Mère Noël et moi-même avions un point commun : une enfance volée trop précipitamment. Sans remords, on devance les bambins dans le palais des glaces, se cogne sur les auto-tamponneuses, se goinfre de confiseries, danse la country au ranch des cowboys. Sur notre parcours, un magicien à l'allure d'un vilain petit lutin, costume en queue de pie et chapeau haut-de-forme sur ses cheveux noir corbeau, nous surprend. S'imposant face à nous, ce petit bout d'homme. Il a un nez allongé, un regard rusé et l'iris si particulier, vert serpent avec des écailles rougeâtres. Nous sommes à côtés de son attraction baptisée «Florentino, le magnifique». Le magicien me regarde avec une grande intensité, comme s'il me connaissait, ce qui m'incommode. Devant nous sans un mot, il agite brusquement ses grandes mains, faisant apparaître une hirondelle qui s'envole. Christmas est alors sous le charme. Un rictus naît sur le visage du lutin. Il a ce sourire un peu Joker qui ne m'inspire pas confiance. Il enchaîne trois tours de passe-passe, une pièce qui apparaît puis qui disparaît et le tour est joué, ma belle est enchantée. Mal à l'aise, je saisis Christmas par les hanches pour nous écarter de cette abjecte créature. Le magicien nous observe s'éloigner de lui; il n'a pas un seul instant libéré son timbre de voix. C'est plus tard dans la soirée que je m'aperçois avoir perdu ma montre; l'affreux me l'a volée, salopiaud!

On enchaîne avec le train fantôme et ses personnages qui viennent de part et d'autre, dans l'obscurité, pour nous faire peur. Joyeuse adrénaline, l'ambiance sonore morbide nous pousse à crier instinctivement. Nous sortons de l'attraction en courant, euphorie et terreur nous poursuivent. Mais pas que… Une poupée diabolique, masquée, perruque jaunâtre et costume désuet, sort du manoir et nous suit à la trace pendant des heures. À plusieurs reprises, elle arrive à nous faire sursauter quand on s'y attend le moins.

Puis, on passe devant le stand de carabine et c'est le moment pour moi de montrer mon grand talent. Christmas me nargue, demandant:

– Dois-je te payer trois parties?

— Une seule suffira, lui rétorqué-je avec une grande assurance.

Elle se marre, se moquant gentiment de moi. Elle me croit incapable d'une quelconque réussite ; gentille petite garce. OK, j'ai bien enregistré que ma virilité était à revoir mais que nenni, les armes, c'est mon dada. J'ajuste mes lunettes de vue et avec hardiesse, j'attrape le fusil. Je vise le ballon rouge, me concentrant, jusqu'à fusionner avec le fusil. Mon esprit se vide. Les bruits environnants disparaissent, il n'y a plus que moi, les trois ballons et la voix lointaine de mon père qui me rappelle que je suis un raté. Surprise par ma concentration, Christmas s'appuie sur le comptoir du stand pour observer la situation de plus près. Posée, elle remet en question une possible réussite, s'imaginant un instant repartir avec un petit ours en peluche. À quelques mètres de nous, la poupée diabolique rôde toujours tel un zombie. Face à ma cible, me voilà bien axé, je peux le tenter. Un deux trois, rouge jaune bleu, les ballons sont tous éclatés, je gagne du premier coup, la classe à Dallas ! Ma Lady saute de joie. J'use d'arrogance et je la regarde, fier d'avoir relevé le défi. J'ajoute ainsi :

— Choisis ta peluche.

Et nous repartons avec une licorne géante. Dans les grandes allées de la fête, nous nous baladons main dans la main comme d'heureux nomades.

— De quoi tu as envie maintenant ? lui demandé-je.

Avec un sourire coquin qui en dit long, la blondinette se rapproche de mon oreille pour me susurrer :

— Je veux faire l'amour avec toi.

– Ici ? Maintenant ? m'exclamé-je.

Où allons-nous trouver un peu d'intimité au milieu des bambins et des clowns ?

Christmas, la licorne et moi nous éclipsons de la cité électrique aux ampoules multicolores pour nous cacher dans les sombres coulisses. Après avoir traversé le parking, les caravanes et un vaste champ, on gagne intrépidement une vielle grange, qui abrite les écuries où se reposent les chevaux des forains. L'une d'elle est vide. Comme deux criminels, on entre par effraction dans la maison de Brigitte ; c'est le nom du cheval manquant à l'appel. Les pieds dans la paille, Christmas retire sa petite robe de Noël pour m'inviter à faire pareil. Je jette sauvagement ma marinière dans le foin. Debout, on se colle l'un contre l'autre pour se réchauffer. La princesse s'appuie contre la paroi en bois. Je la couvre de baisers, mais je suis déconcentré par le cheval de l'écurie voisine qui me regarde profondément. J'essaye de faire abstraction d'Hector ; l'animal. Dans l'allée centrale de la grange, éclairée à la lumière du clair de lune, la poupée diabolique pénètre en toute discrétion. À notre insu, elle se cache dans l'écurie voisine, là où je vois la tête d'Hector qui me fait les yeux doux. La bête semble apprécier notre compagnie. Emporté par un rire nerveux, je ne suis plus maître de moi.

– Je ne peux pas faire l'amour avec les chevaux.

Christmas est amusée et mon rire l'entraîne. À l'égal de vieux amants, on s'allonge alors dans la paille sale, en présence d'Hector et de notre licorne, se couvrant de nos affaires en mode plaid. Les écuries sont silencieuses, on entend au loin la fête battre son plein et les cris des gens sur les montagnes russes. Les yeux rivés sur le toit de la grange en piteux état, on peut voir à travers une brèche les constellations de cette nuit de Noël.

– Tu n'as pas de famille à aller voir ce soir ? s'interroge Christmas.

– Ma mère est décédée et mon père… on n'est plus en bon termes, écourté-je. Mais j'en avais trop dit…

– Ah… Tu veux en parler ?

D'habitude, je ne communique pas sur moi, mais la mère Noël m'inspire confiance. Je conçois ainsi le besoin de se livrer à une inconnue. Étrangement, je comprends alors mon jumeau, pourquoi il a trouvé confortable de s'adresser à Giovani. Christmas attend mon histoire. Je me retourne alors vers elle, puis, j'accepte de me confesser, lui racontant mon mal de Noël…

Léopold, c'est comme ça qu'on m'a appelé durant les huit premières années de ma vie.

Londres 1984, ma mère Diane s'est exilée dans son pays natal, sur les terres nobles du Royaume-Uni, pour mettre au monde ses deux enfants. Durant une nuit chaude d'août, une forte pluie tropicale frappe la ville de plein fouet. Entre vents et tempêtes, Diane Gates donne naissance à des jumeaux. Je suis le second né. « Léopold » proclame-t-elle ; mais, pour des raisons inexpliquées que seuls les dieux de l'attractions en connaissent les secrets, toute son attention se porte sur le premier qui est sorti la tête en avant. Alors, pour mon frère, elle choisit un prénom plus significatif et empreint d'un amour inconditionnel. Elle voulait l'appeler Théodore. Mon frère commence ainsi dans la vie, avec une affection des plus particulière.

Ma mère ne s'en cachait pas, Théodore était son amant passé qu'elle avait aimé d'une folie furieuse, si bien qu'il l'aurait emporté au paradis. Malgré son amour imparfait pour ce mystérieux homme, c'était avec Charles d'Arpajon qu'elle s'était unie. C'était avec lui qu'elle nous a conçu. Mais ce n'est pas notre père qu'elle a aimé...

Connaissant l'histoire de l'amant secret, Charles n'apprécie guère le prénom Théodore. Au final, mon frère est baptisé autrement. Nous sommes ainsi les jumeaux d'Arpajon, Léopold et Jean-Baptiste, héritiers d'une grande fortune.

Peu importe le prénom qu'on avait pu nous donner, le cadet avait de toute manière gagné le cœur de notre mère dès son premier souffle.

Moi, je ne suis qu'un numéro bis. Mon frère est le meilleur, l'intrépide, l'aventurier, la canaille qui amuse, qui nous fait diablement sourire, qu'on aime.

Avec les années, Charles remarque la préférence de Diane et ce n'est point à son goût. Peut-être par esprit de contradiction, il décrète alors que je suis son favori. Moi, prénommé Léopold, je suis couronné fils à papa. Pour Charles, je suis digne d'un d'Arpajon. Calme, raisonnable, aimant me cultiver, je suis à son image, si bien qu'il finit par vraiment renier mon jumeau. Nous ne sommes dissemblables que par notre caractère. Autrement, nous sommes des clones parfaits. Seule la gourmette à notre poignet nous différencie...

Très vite, on emménage à Paris pour grandir dans une noble résidence. Dans le huitième arrondissement, au deuxième étage d'un immeuble haussmannien, mon frère et moi vivons entourés de domestiques. Parmi eux, il y a Juliette notre nurse et bien d'autres serviteurs. Au bout du couloir, derrière une vieille porte qui grince, se trouve notre chambre. Deux lits jumeaux trônent dans la pièce. Et ce soir, comme tous les autres, je le rejoins pour dormir dans les mêmes draps. Il fallait que je sois toujours près de lui, c'était plus fort que moi. Malgré les différences qu'on nous portait, personne ne pouvait nous séparer. Nous sommes fusionnels et d'autant plus après un terrible drame...

À l'âge de huit ans, notre mère décède d'un tragique accident de voiture. Un jour de décembre, on marche, réunis sur un sol enneigé parfaitement blanc. Les familles Gates et d'Arpajon portent le deuil. Nos parapluies noirs dansent, bercés d'un ballet dramatique, jusqu'à la tombe de ma mère. Je n'étais pas son élu mais je n'en ai jamais souffert, car ma mère était une femme intelligente et admirable. J'étais son fils et elle m'a toujours chéri. Aujourd'hui, elle repose en paix avec notre grand-mère.

Après cette tragédie, mon frère s'est retrouvé seul, sans maman et sans l'amour de Papa. Alors, à la veille de Noël, je me réfugie dans son lit pour lui offrir un cadeau très spécial : ma gourmette. Je ne pouvais plus supporter de le voir pleurer dans son coin, qu'il soit le mal-aimé. C'est ainsi qu'on échange nos prénoms le temps d'une journée dans l'espoir qu'on lui donne de l'attention, celle qu'on me porte habituellement. Je fais ce présent sans être convaincu de l'effet escompté mais, comme on dit, c'est le geste qui compte.

— Je t'aime, lui chuchoté-je dans nos draps.

Il ne me répond pas parce que mon jumeau ne peut comprendre ce que cela signifie. L'amour.

Le lendemain, le 25 décembre 1992, le premier jour de fête sans maman, personne ne s'est rendu compte de notre échange. Autour du festin familial, entre l'odeur de la dinde, du Guerlain de Tatie Rosie et du tabac froid de Tonton, mon frère se montre remarquablement habile, jouant mon rôle à la perfection. Et quand le soir est venu, que notre nurse Juliette éteint les veilleuses, je quitte mes draps pour rejoindre une nuit de plus le lit de mon jumeau, afin de récupérer ma gourmette. Mais, il s'y oppose. Si content d'être Léopold, d'être chéri, il ne veut plus me rendre mon nom.

Je passe les derniers jours de l'année à pleurer, à revendiquer mon identité, à crier que mon frère m'a volé, à hurler d'injustice. Personne ne me croit, personne. Je deviens ainsi le menteur. Désormais dans la peau du cadet, je suis la risée de la famille, subissant tout le mal qu'il a auparavant furtivement connu. Je perds l'attention de papa. Mon jumeau diabolique devient Léopold, le privilégié et m'abandonne dans ma solitude. De vengeance, j'arrête de le retrouver dans son lit. À partir de ce jour, je décide qu'il doit souffrir. Je ne lui montre plus aucune gratitude, aucune affection, rien. J'en deviens presque méchant. Les futurs Noëls sont mélancoliques. Je passe le reste de ma vie à lutter contre le lien qui nous a unis à notre création. Hélas, malgré nos chamailleries, on ne peut couper le cordon ombilical. On s'accommode et puis, avec le temps, on se dit que ce n'est qu'une gourmette. Ce qui compte, c'est de savoir au fond qui on est, peu importe le prénom. Je suis Jean-Baptiste d'Arpajon, né le second et toute ma vie, malgré les guerres, j'aimerai mon frère.

Au Noël présent, dans la grange à la douce odeur du crottin de cheval, Hector me regarde comme s'il avait été touché par mon histoire. Attendrie, Christmas se blottit contre moi, me serrant très fort, sans y ajouter un seul mot, non, ce n'est pas la peine. Juste ses petits bras qui m'enserrent, me réchauffent. Une larme s'échappe de mes yeux. Christmas ne bouge pas et ne me regarde point. Elle me laisse seul face à ma nostalgie, mais elle continue de me serrer plus fort, encore et encore plus fort. Tout à coup, on entend les pétards d'un feu d'artifice. Excitée, Christmas se redresse et court hors de l'écurie. Je l'accompagne, un peu à la traîne. Devant moi, elle s'éloigne et sort de la grange. Soudain, j'entends un bruit maladroit provenant d'une écurie, comme si une personne était là depuis le début à nous épier. Je m'approche de l'endroit où provient le son, mais Christmas m'interrompt, resurgissant dans l'allée centrale.

– Tu viens ? s'exclame-t-elle, folle impatiente de partager cet ultime moment de bonheur.

Je la suis ainsi, abandonnant l'idée de chercher le mystérieux garçon de l'écurie.

Dans le champ vaste à côté de la grange, nous voilà seuls, perdus au milieu de la verdure, la tête en l'air pour voir le feu. Brusquement, Christmas s'éprend d'une tendre névrose à crier dans le vide. Le bruit assourdissant des pétards la couvre. Elle m'invite à faire de même. Crier, crier encore plus fort, relâcher toute pression. Nous sommes au milieu de nulle part. Personne ne peut nous entendre. Comme si nous étions des immortels, seuls au monde, je vis cette escapade comme une fabuleuse conquête d'un soir. Je ne pouvais pas la considérer comme une simple cliente, la seconde. Or, c'était bien le cas. Ce soir-là, j'ai gagné de l'argent. Malgré l'euphorie, la joie que je lui ai apporté et toute mon affection, Lady Christmas tenait à me payer. Peut-être par gratitude ou par domination, j'étais son escort mais aussi son cadeau de Noël, son Guerlain.

Nous repartons sans remettre les pieds dans cette grange unique et je laisse bêtement derrière moi un acte manqué. J'aurai pu user de curiosité en trouvant ce garçon d'écurie qui se dissimulait. J'aurais pu. Mais après tout, quelle est son importance ? Ce que je n'ai pas su en quittant les lieux, c'est que dans l'étable, se réfugiait entre quatre parois, la poupée diabolique. Son masque et sa perruque sont abandonnés dans la paille. Dissimulé sous le costume horrifique depuis le début de la soirée : mon frère Léopold ; il était là ! Nous étions si proches de nous revoir et puis pour finir, juste un vulgaire bout de bois nous séparait. Mais l'escort de luxe s'est fait violence et discret, il ne semble pas vouloir être retrouvé. Retranché, caché au sein des forains, seul avec son lourd secret, Léopold est encore assis dans la paille aux côtés d'Hector. Il m'a entendu. Mon frère jumeau ne cesse de pleurer, rempli de remords et accablé par mes confessions.

6
MISTER WOOD

RAPHAËL

Le pouvoir, l'argent, le sexe. Nombreux sont les hommes dominés, déchirés, vaniteux et vicieux. Le membre masculin est à la recherche de quelque chose qui les rendra invincibles, immortels. Dans mon monde imaginaire, il y a un anneau pour les gouverner, un pour les trouver et un pour les amener. Je suis le quatrième anneau, l'unique, celui qui a le pouvoir de l'invisibilité. Approchez, entrez dans ma chambre, regardez… Vous ne voyez rien ? C'est normal, elle est en bordel ! Pendant que je vous distrais par ce chaos futile, sous vos yeux, le coupable s'empare du pouvoir absolu.

Je ne vais pas vous raconter cette histoire telle qu'elle s'est passée, mais comme je l'ai vue. Mon nom est Raphaël

Gaudrick, je suis garçon de chambre au Galantin, un bonhomme ordinaire qui ne rêve de pas de grand-chose, excepté de vivre. Je suis l'étoile du matin de mes amis, celle du soir de Kate Winslet. On m'appelle Elijah Wood.

Janvier, un lundi comme un autre à la garçonnière, j'émerge, ouvrant mes yeux bleus, dans mes draps humides. Je n'ai pas envie de me lever, j'ai froid. Je remonte alors ma couverture, comme d'habitude. Mon réveil me rappelle à l'ordre. Je ne veux pas, je ferme à nouveau les yeux. Je suis déconcentré par le bruit de la pluie qui perce le plafond – le supplice de la goutte d'eau. Une, deux, trois… Chaque seconde, une nouvelle goutte se brise au sol, ça me rend fou. Bordel à cul, encore une fuite. Grrr, je me lève ! Je cherche la fissure au plafond, je la trouve, toujours au même endroit. Elle vient, elle repart, je ne me prends pas la tête, je pose une bassine pour éviter l'inondation. Quand elle est pleine, je la vide et je la remets à sa place ; c'est plus simple comme ça.

Jogging, tee-shirt étoilé, j'erre dans le couloir de notre petite garçonnière, nostalgique. Première chambre, je pousse la porte, Léopold est toujours absent, ça fait quatre mois… Seconde, Jean-Baptiste a encore découché. Troisième, j'entends du bruit, je n'ouvre pas, Giovani est rentré de sa nuit de travail. J'observe à travers la serrure. Il est nu ! Aussitôt, je me redresse l'air de rien et je m'éclipse.

Je range le séjour, je lance des machines. Salle de bain, je me pose mon masque de beauté. Cuisine, je prépare le petit déjeuner, œufs brouillés aux concombres, c'est devenu une habitude. Habillé, Giovani me rejoint à table,

plongé dans un magazine people. Je lui fais la causette tout en mâchouillant mes œufs brouillés :
— Il faut payer EDF.
Il ne m'écoute pas... Je refais une tentative.
— Gio, t'as vu, France Gal est morte !
— Ah ouais ? me répond-il, à peine étonné.
— Quoi ? T'es pas au courant ?
— Je lis pas l'actu people.
— Et là tu fais quoi alors ?
— Là, je compte les étoiles sur le tatouage de M. Pokora. Tu crois qu'il est gay ? s'interroge Giovani.

Je suis alors distrait par notre grande bibliothèque que je n'ai pas le droit de toucher.
— Y'a un truc que je pige pas. Je ne te vois jamais lire les livres de chez nous, dis-je, pensivement.
— Pourquoi, t'en as déjà lu un toi ?
— Allo, 2018 quoi, les livres c'est rétro.
— Ouais, je suis d'accord, assume Giovani.
— Mais c'est toi qui les ramènes. Explique-moi, c'est pour la déco ? Un truc encore avec Léo que je n'aurais pas pigé ?
— C'est notre enveloppe pour dissimuler l'argent.
— Ah ! Comme des trophées ? Genre à la Dexter ? demandé-je, intrigué.
— Si tu veux, Raph. Mais nous, on ne commet pas de meurtre... Enfin, moi personnellement ! Enfin... sauf si on compte le mec qui a fait une crise cardiaque pendant que je le baisais.

Choqué, je regarde Gio, les yeux exorbités. Mais bien vite, la curiosité l'emporte :

– Et tu t'en es aperçu à quel moment... qu'il était mort ?

– Après avoir joui.

Double choc, la mâchoire m'en tombe.

– Donc techniquement... tu as baisé avec un cadavre ?

Je vois Giovani réfléchir, ce qui est plutôt rare...

– Ah *fuck*, t'as raison, j'aurais dû lui faire payer plus cher !

Triple choc ! Je suis perdu...

– Mais ils ne payent pas avant les gens ?

– Non, après, répond-il d'un ton simple et naturel, avant de se replonger dans les tatouages de Pokora.

Je le regarde interloqué, essayant de m'imaginer la scène. Comment un mort peut-il payer son gigolo ?

Perdu dans mes pensées, je laisse mon imagination vagabonder et invente une scène tout à fait plausible...

Dans un beau quartier du côté de Neuilly, un jour d'hiver gris huître, il pleuviote. Giovani, la star de Neuilywood, fait une entrée fracassante dans l'hôtel particulier de Mister et Lady Widow. Lunettes de soleil Paco Rabane, bracelets, bagues, chaîne et montre énorme – mais genre énorme –, le tout en or. Il porte un pantalon en cuir sombre et un long manteau de maille bronze. Il n'a pas de tee-shirt – allez, il n'a rien, imaginons. Fumant sa petite cigarette, il traverse en roulant des fesses une grande allée ornée de sapins autrefois verts. Les branches ont l'air tout droit sorties d'un des univers enchantés de Tim Burton. Il y a peut-être même des fées et des lutins cachés dans les buissons – et pourquoi pas ?

Arrivé sur le seuil, Giovani l'excentrique frappe à la porte majestueuse. Lady Widow, veuve éplorée toute ridée, chapeau noir et dentelle ridicule, ouvre la porte et reluque Mister Gold.

– Bonjour, gémit-elle, la voix écorchée, perdue.

– Bonjour madame. Toutes mes condoléances pour votre mari. Je viens juste récupérer ce qu'il me doit. Je peux entrer vite fait ?

Choquée, la veuve le regarde, muette. Il lui crache sa fumée à la figure. Derrière la veuve, la famille cul-serré, en deuil, se rassemble sur le pas de la porte pour écouter l'étrange conversation. On dirait une colonie de petits animaux – des rats.

– Je vous demande pardon, Monsieur ? demande la dame.

– Votre mari était mon client, répond Giovani, haussant la voix comme si c'était une vieille. Je veux mon argent ! ajoute-t-il.

Lady dissèque son mouchoir, envahie par le chagrin.

– Et ça se monte à combien, Monsieur ?

– Ah ! Ça se monte à très cher, madame, car il m'a déjà bien monté !

Lady Widow s'effondre en sanglots.

Bon, ça n'a pas dû se passer tout à fait comme ça, mais Giovani a bel et bien réclamé son dû après coup ! Véridique !

Au Galantin, nœud papillon orange autour du cou, je circule dans le couloir pour contrôler la disponibilité des suites. En ce jour pas trop moche, la lumière extérieure peine à pénétrer. Les poignées sont toutes pourvues d'un nœud : aucune n'est disponible. Soudain on entend un grésillement et l'électricité s'interrompt un instant. Cela arrive souvent ici, et ça ne fait pas bon genre pour un cinq étoiles. Mais que dire ? C'est un mystère de plus au Galantin ! L'obscurité du couloir gagne mon humeur. Tout doucement, à travers les murs, j'entends les murmures en chœur des clients. Un souffle, un chant lointain, j'imagine que le service de nuit fait l'amour dans les draps de luxe. Combien sont-ils de garçons que je ne connais pas, à se dévêtir pour de l'argent ?

Soudain, la lumière se rallume, je me sens rassuré. Un jeune garçon sort d'une suite, en tenue du Galantin et un livre en main. Il s'appelle Tanguy, un Colombien, extrêmement looké. Silhouette trapue, corps tatoué d'une licorne et écarteur à l'oreille gauche, il porte également une coupe très particulière : rasé sur les côtés, des cheveux noir profond, il a une longue mèche super laquée qui remonte comme un accent grave. Ça doit être compliqué à coiffer ce truc-là. Je ne le connais pas très bien, on ne fait que se croiser. Tanguy est très réservé. Aujourd'hui, je porte un œil différent sur lui. Est-ce un escort aussi ? Où vit-il ? Sont-ils tous des marchands d'amour ? Sauf moi... Mon esprit fertile voit soudain le métier à travers un filtre rose, je les imagine tous beaux, les escorts, et capables de satisfaire une femme – tous, sauf moi. Je ne suis pas une super star, je suis juste un pauvre gars maigrichon qui gagne honnêtement sa vie. Mais à quel prix ?

Huitième étage, j'entre dans la suite Royale et j'y retrouve JB, qui la squatte avec ma complicité. Giovani a refusé le Guerlain du «jumeau bis», prétextant qu'il n'acceptait pas ses excuses. Depuis, notre colocation se décolonise. Moi, je suis la Suisse, essayant d'être bon avec les cocos. C'est parfois difficile, mais il faut être positif dans la vie. Jean-Baptiste ne l'avouera jamais, mais il a du mal à surmonter l'absence de son frère – et je ne lui en veux pas. Comme lui, je découvre peu à peu les secrets qui font surface. Malgré cette période délicate, je suis fier de mon ami d'enfance. Il pourrait naturellement prendre le costume de son frère et être l'escort de luxe qu'elles attendent toutes. Malgré les multiples tentations, il continue coûte que coûte ses études, criant tout haut qu'il ne se prostituera jamais.

Endormi la bouche ouverte, JB ronfle dans la chambre bleu roi. J'ouvre les rideaux pour le réveiller. Il ronchonne, cherchant les draps à ses pieds pour les remonter sur son visage. Le voyant nu devant moi, je m'amuse à le filmer avec mon iPhone tout en commentant la vidéo :

– Alors, ici vous avez Jean-Baptiste d'Arpajon, désespéré, alcoolique à ses heures perdues et qui cherche l'amour. Mesdames, quelqu'un pour lui ?

JB lève la main pour cacher l'objectif :

– Raph... Je suis malade.

Je m'assois sur le matelas, touche son front, il est froid.

– Non JB, allez, debout !

– J'ai la gorge en feu, je vais mourir.

– T'es hypocondriaque JB, tu le sais.

Je retire rudement les draps. Il ne bronche pas.

– Je vais poster la vidéo ! chantonné-je pour le provoquer.

JB bondit alors du lit pour me voler mon portable. Après quoi, j'attaque les choses sérieuses :

— Dis, j'ai avancé le loyer, mais il faut payer EDF.

— Demande à Gio, me répond-il la gueule en vrac.

— Il n'a plus de thune.

— Comment on faisait avant ?

— Avant, y'avait Léo…

Grand silence, une gêne s'installe. JB part dans la salle de bain se brosser les dents – bonne idée.

— J'ai plus d' thunes, crie-t-il, la bouche pleine de mousse.

Soudain, mon attention se porte sur un bracelet magnifique, abandonné entre deux bouteilles d'alcool vides.

— C'est joli dis donc ! m'exclamé-je.

JB passe furtivement la tête dans la chambre pour voir de quoi je parle.

— Ah ! Je me la suis offerte, elle te plait ?

— C'est quoi ?

— Bah une montre, Raph ! explique-t-il, comme si j'étais stupide.

Seulement, j'ai beau tourner l'objet dans tous les sens, je ne comprends pas comment ça peut être une montre…

— Comment tu lis l'heure là-dessus ?

— C'est pas fait pour ça, c'est fait pour être joli.

— Aaaah ! dis-je en reposant la montre. Bon, comment on fait pour les factures ?

— L'ampoule de la salle de bain a encore grillé ! élude JB pour détourner la conversation…

— Encore la même ? m'étonné-je, avant de décider d'aller vérifier par moi-même.

J'arrive ainsi sur le pas de la salle de bain, le grand chef-d'œuvre de la suite Royale. Ici, c'est une galerie de mosaïques toute en longueur qui s'offre au client, de couloir noir d'amour et bleu royal pour rappeler les couleurs de la suite. Ce qui me surprendra toujours dans ce lieu si intime, c'est la baie vitrée ouverte sur la dame de fer.

Au bout de la merveille chambre d'eau, un bassin en baldaquin, faisant office de baignoire, trône en face d'une cheminée moderne. À l'entrée de la pièce, où je me suis arrêté, Jean-Baptiste recrache son dentifrice dans l'un des éviers jumeaux. Face à lui, il y a un miroir majestueux, encadré par de l'or – l'or, symbole du Galantin – et orné de deux abat-jours en latex blanc, fixés au mur. Je regarde longuement celui dont l'ampoule s'est éteinte, frustré, car je la change régulièrement. Le Galantin a vraiment des soucis d'électricité! En parlant de ça, je raccroche les wagons avec EDF. Je tente ainsi de m'adresser calmement à mon ami, sans lui faire de reproche :

– JB… si t'as pas d'argent, demande à ton père.

– Pas possible… me dit-il manifestement gêné.

– Ça fait très longtemps que j'l'ai pas vu d'ailleurs. Il va bien ?

– Oui, mais il est à l'étranger, injoignable, répond-il sèchement pour écourter le sujet.

Je trouve alors ceci étrange, mais je n'insiste pas, sachant pertinemment que je n'obtiendrai aucune réponse de sa part…

La nuit tombée, je quitte le travail revêtu de mon Teddy et je pédale sur mon vélo rouge, direction la rue de mon enfance. Sous mes allures de gars modeste, j'ai parfois honte d'avouer que j'étais un fils de bourge. Ancienne canaille et mauvais élève, j'ai grandi dans le quartier du pouvoir : le huitième.

Voisin des d'Arpajon, j'ai toujours préféré leur domicile au mien. Ce n'est pas pour la beauté de leur résidence ou leurs domestiques aimables, mais pour leur famille. Ce soir, je ne passerai pas voir ma mère, Lady Gaudrick. Comme toujours, elle doit être affalée dans son canapé, ruinée, à cloper. Les cheveux emmêlés, nuisette de soie et coupe de champagne à la main, elle doit fantasmer puis pleurer devant «*L'amour est dans le pré*». Je ne supporte pas la voir ivre morte, en mode destruction. Je ne veux pas que Jean-Baptiste sombre ainsi, multipliant les tentatives de suicide ; pas question !

J'arrive au «Croissant d'argent». C'est comme ça qu'on appelle la résidence d'Arpajon, en raison de son architecture et des nombreux matériaux raffinés et argentés qui la composent. Je passe un porche pour entrer dans une cour autrefois fleurie. Je frappe aux doubles portes laquées noires – les poignées en argent ont disparu. Juliette, la nurse des jumeaux, ouvre. Surprise, car elle ne s'attendait pas à ma venue, elle m'accueille tout de même les bras grands ouverts, comme si nous nous étions quittés hier.

– Oh ! Raphaël, c'est toi !

Cette femme m'a toujours fasciné. Je remarque alors que l'intendante a délaissé son costume de soubrette soumise pour un uniforme plus classique. Malgré cette tenue modeste, Juliette, femme de soixante ans, reste coquette, féministe, avec un caractère bien à elle. Elle ne porte ni bijoux ni accessoire, elle n'en a pas les moyens. Cependant, elle entretient son blond Marilyn et met comme toujours ce gloss rose aux lèvres. Elle est un peu la mère idéale pour moi.

– Entre, entre, me dit-elle, l'air heureux de recevoir de la visite.

Elle tente de refermer les grandes portes noires, sans poignées. Je l'aide. Quelques feuilles mortes de platanes ont réussi à s'infiltrer dans le hall. Elle ne s'en soucie pas, comme si ce n'était qu'une saleté de plus. Je me souviens à quel point je trouvais cet endroit majestueux. Hélas, il est aujourd'hui dépourvu de quelques meubles et le bonsaï sur le guéridon n'est plus là. Le hall ne m'éblouit plus comme avant. L'endroit a vieilli, le sol en damier est sale, la peinture blanche a jauni. La résidence n'est plus entretenue. C'est surprenant avec la dizaine de domestiques sur place. D'ailleurs, où sont-ils ? Tout est si calme…

– Comment vas-tu mon petit Raph ?

Elle me caresse tendrement le visage et moi je recule bêtement. Non pas gêné pas son geste, mais parce que nous sommes juste en dessous du fameux lustre en diamants – je n'ai même pas à lever les yeux, je sens sa présence. Depuis tout petit, j'ai toujours eu la hantise que ce lustre me tombe sur la tête. On n'oublie pas ces vieux démons ! Juliette ne comprend pas ma réaction. Pour la rassurer, je lève le doigt pour lui rappeler :

– C'est à cause du grand lustre en diamant, vous savez. J'en ai toujours peur !

Stoïque, Juliette lève la tête comme pour vérifier si le lustre va bien. Puis, elle me regarde de manière étrange. Curieuse, elle enchaîne ensuite :

— Raph, que fais-tu ici ? Ça fait tellement longtemps que j'ne t'ai pas vu. Tu as grandi, tu es un grand garçon maintenant.

— Je passais voir ma mère et je me suis dit, tiens, allons voir ces bons vieux d'Arpajon.

— Tu es mignon…

— Monsieur d'Arpajon est ici ?

— Charles ?... il dort.

— Ah ! Je n' vais pas vous embêter très longtemps alors. Heu… Dites-moi, Juliette… Vous avez eu des nouvelles de Léopold récemment ?

— Non, pourquoi ? Quelque chose lui est arrivé ?

Étrangement, je sens une pointe d'hypocrisie dans sa voix. Il y a un je-ne-sais-quoi qui ne tourne pas rond ici.

— Juliette, vous savez ce qu'il fait au Galantin ?

Elle baisse la tête pour toute réponse. Je prends ça pour un oui. La gorge serrée, je m'aperçois que je suis le dernier imbécile à être au courant. Elle essaye de lui trouver des excuses.

— Comment crois-tu que Jean-Baptiste a payé ses études ? Ça, votre loyer… et nous alors, comment crois-tu que nous réussissons à vivre ?

— Mais vous, tout va bien !

Elle ne répond pas. Je sens un nouveau mystère, mais je manque de diplomatie, je ne m'intéresse qu'à Léo :

— Léopold a disparu depuis quatre mois.

– Ah bon? dit Juliette à peine étonnée, presque sarcastique.

– Ça ne vous inquiète pas? Personne ne se soucie de savoir où est Léo? Et Charles, il en pense quoi, lui?

– Oh, Charles, tu sais... Il n'a plus aucune notion de ce qui se passe depuis un moment.

– Comment ça?

– Mais Raphaël, tu n'es pas au courant pour Charles?

– Au courant de quoi? Et...

Je regarde soudain autour de moi, m'attardant plus amplement sur l'absence de décoration. Face à moi, je vois le malheur imprégné dans les murs. Il y a encore la marque de certains tableaux désormais absents.

– Dites-moi... Où sont passés vos meubles et les tableaux?

Il n'y a plus un signe de fortune. Je lève la tête tout doucement même si je n'en ai pas envie, mais il le faut, pourtant. Malheureusement, il n'est plus là, lui non plus.

– Juliette, où est le lustre en diamants?

– C'était du cristal, mon petit Raph.

– C'est pareil! m'énervé-je.

– Non. C'est plus fragile, murmure-t-elle, attristée.

La larme à l'œil, abattu, je la regarde et lui demande:

– Juliette, c'était quand la dernière fois que je suis venu?

Je grimpe les marches recouvertes autrefois d'un tapis de moquette verte. Il ne reste que la pierre. La rampe en acier est intacte, elle. Au second, je rends visite à Charles dans sa chambre à l'anglaise. Il ne m'entend pas entrer. Allongé dans ses draps, le regard cloué au plafond, Charles est très maigre, la peau ravagée, sans cheveux ni sourcils, la maladie l'a gagné. Je m'assois face à lui dans un fauteuil club style années trente. Je ne sais pas quoi lui dire...

— Bonsoir, Charles, vous avez passé une bonne journée ?
— Léopold ? demande-t-il en se redressant tant bien que mal.

Le néant s'est emparé de son âme. Le regard vide, il cherche à me reconnaître, angoissé de ne trouver.

— Non-monsieur. Je suis Raphaël, le meilleur ami de Léopold et Jean-Baptiste.
— Jean-Baptiste... Jean-Baptiste... répète-t-il à plusieurs reprises.

Il cherche...
— Votre fils ! tenté-je alors de lui rappeler.
— Non, mon fils c'est Léopold.
— Jean-Baptiste, votre second...
— Non, insiste-t-il.

Je ne veux pas le brusquer plus. Profondément anéanti par ce que découvre, je ne sais pas qu'est-ce qui est pire : que mes amis d'enfance m'aient menti ou que je sois égoïste, coupable de n'être pas revenu depuis longtemps...

— Charles, je peux faire quelque chose pour vous ?
— Léo... m'interpelle-t-il. Tu as trouvé les cookies ? C'est la bonne qui me les a volés, chuchote-t-il comme un enfant.

Souffre-t-il plus que moi ?

7
MR. & MR. SMITH

JEAN-BAPTISTE

En quittant le «Croissant d'argent», Raphaël doit trouver très vite une parade afin d'éviter de penser… Faire quelque chose. Rendre service… L'ampoule! Futile, mais qu'importe, Raphaël court acheter une nouvelle ampoule pour changer celle de la suite Royale. Pendant ce temps, moi, Jean-Baptiste d'Arpajon, le fils indésirable, je bois du Martini au restaurant du Galantin…

Lunettes de vues abandonnées, costume noir trois-pièces, chemise blanche ouverte à l'espagnole et laissant apparaitre mes poils, je guète la clientèle. Aux tables voisines, les femmes me zieutent du coin de l'œil. Me prennent-elles pour mon frère? Installées au fond de la salle, il y en a deux qui ne s'intéressent aucunement à moi – elles sont bien les seules. Malgré leur discrétion, quelques gestes d'affection trahissent ces deux beautés. Elles sont l'une et l'autre si féminines et distinguées.

Et puis il y à l'Andalouse, assise face à son mari. Je l'appellerai Lady Mirada pour les œillades soutenues qu'elle m'adresse. Elle ne se soucie point de son monsieur tout gras qui se goinfre avec son homard-mayonnaise. La Mirada se caresse la nuque, remet ses cheveux en place, réajuste sa jupe... Tous les coups sont permis pour attirer mon attention.

Je détourne les yeux, j'attends, espionnant le salon privé d'où la mystérieuse poule aux œufs d'or pointe généralement son minois. Hélas, elle se fait rare ces derniers temps, dit-on. Je suis déterminé à la croiser, conscient de son importance. Que sait-elle? Où est mon frère?

Je me noie dans un Martini accompagné d'olives pimentées. Roses rouges à l'honneur, bougies, les tables sont soigneusement dressées : couverts d'argents, vaisselier en porcelaine et nappes de soie claire; c'est coquet! Un cortège de musiciens (pianiste, violonistes et guitaristes espagnols entre autres) monte sur scène pour animer l'ambiance. Ce soir, c'est tango, flamenco, Zorro, olé! Certains couples profitent de la thématique pour danser sur la piste. Les demoiselles du fond restent pudiques, envieuses d'être comme tous les autres couples. Je dois avouer que les danseurs me donnent également envie, faisant remonter de ma mémoire mes rêves de gosse. J'espère trouver un jour mon alter ego. C'est beau l'amour.

GIOVANI

L'amour. Huile sur la poêle. Je suis le Roméo de l'amour. Je monte le feu. L'amour, c'est comme un bon plat, ça se prépare avec délicatesse, ça se déguste avec goût tous les jours et ça se digère souvent très mal. Alors chaque ingrédient est toujours très important.

Dans les cuisines du Galantin, ça fourmille dans tous les sens. Le chef est une femme couillue, assumant une place masculine difficile à être approuvée. Avec sang-froid, passion, grâce et autorité, elle pilote son équipe de cuisiniers. Serveurs et serveuses hautement distingués entrent et sortent sans cesse. Pas le temps de penser, pas le temps pour les chamailleries ou les amourettes, pas à cette heure-ci, la salle est comble. Champagnes, caviar, merlot sont les ingrédients phares du menu de ce soir. Au milieu du brouhaha, revêtu d'un tablier rouge, je me suis trouvé une petite place pour préparer mon propre dîner, un menu très spécial. Les champignons sont presque prêts, soudain, je suis dérangé par la fracassante Jennifer, manageuse sournoise toujours avec sa jupe de patineuse.

– Gio, j'ai un problème avec Jean-Paul…

– Léo-Paul! tenté-je de la corriger.

– Oui ben c'est pareil.

Stupide Jennifer, ô combien je ne t'aime pas! Tu ne fais aucune différence entre Jean-Baptiste et Léopold! La blonde peroxydée grimaçante essuie le plan de travail afin de s'assoir. Se rapprochant ainsi de moi, elle me chuchote :

— J'ai un retour de clientèle insatisfaite. Jean-Paul ne travaille plus...

— Il est en RTT! lui dis-je, moqueur.

— Je te demande pardon?

Je me retiens de lever les yeux au ciel; cette idiote ne comprend même pas l'humour.

— Je lui parlerai... reprends-je. Maintenant tu veux bien, j'ai un repas à finir.

Quand elle est mécontente, Jennifer ne lève qu'un seul sourcil. Elle soupire et tourne les talons, aigrie. C'est à coup sûr une fille mal baisée.

Je pousse le chariot où est disposé mon repas et me dandine jusqu'à la table où mon cher Jean-Baptiste se noie dans le Martini.

— Monsieur d'Arpajon, bonsoir. Votre dîner, lui annoncé-je d'une voix de velours que j'ai répétée au préalable.

— Je n'ai rien commandé. Tu peux partir, Giovani.

Il me repousse comme la peste avec un air désobligeant. Je ne m'avoue pas vaincu. Mielleux, j'ajoute sur la table une paire d'assiettes pour nous deux.

— Jean-Baptiste... Avec la complicité du Galantin, je nous ai préparé de bons plats.

Il me regarde étrangement.

— C'est une farce?

— Non. Dinde, champignons et pomme d'or, lui annoncé-je avec un grand sourire. Je vois son inquiétude. Parfait! La fête peut commencer. Je fais rouler le chariot sous son nez pour lui présenter ma magnifique dinde.

— Je l'ai fourrée moi-même, dis-je avec élégance et fierté.

Puis je brandis un couteau bien aiguisé. Il sursaute, je jouis. J'attaque alors la dinde, plantant la lame affûtée entre le corps et la cuisse. C'est moelleux, l'huile grasse gicle. JB ne me quitte pas des yeux, scrutant mes moindres faits et gestes. Serais-je capable de l'assassiner à la vue de tous ? Oui !

– Blanc, aile ou cuisse ? lui proposé-je.

– Blanc…

La réponse ne me convient pas. J'attrape alors ce qui me fait plaisir.

– Ton frère… prenait… deux cuisses, lui !

Et je lui balance vulgairement les cuisses dans son assiette. La guitare espagnole monte au créneau. Je retire à cet instant mon tablier rouge, tel un torero enflammé prêt à conquérir l'arène. Mon costume de velours entièrement noir, brodé à la main, est révélé. Puis, je m'installe face au jumeau bis, une bouteille de rouge à la main.

– Du vin ? lui proposé-je. J'ai choisi un bon italien comme je les aime.

– Lambrusco ?

– Oui. Ma mère adorait ce vin.

Je nous sers.

– Je ne l'ai jamais rencontrée. Elle vit où ? demande le jumeau bis.

– Au cimetière, en compagnie de la tienne. Santé !

Je regarde la robe du vin, je renifle l'arôme, alors que Jean-Baptiste l'alcoolique mondain s'élance sans réflexion. Je l'observe boire, excité par ce qui va se produire ensuite…

JEAN-BAPTISTE

Je suis suspicieux. Giovani ne boit pas et abandonne son verre de vin sur la table. C'est ainsi que ma vilaine peur revient. Cherche-t-il à m'empoisonner ? La chaleur monte, je défais un bouton supplémentaire de ma chemise.

– Je suis désolé, je ne savais pas pour ta mère… lui dis-je, faussement attristé.

– Preuve que tu ne t'intéresses pas à moi.

– J'en découvre tous les jours, c'est sûr.

– D'où je viens ? Qui je suis ? Dis-moi, me défie-t-il.

– Giovani Bellahcino, de Florence… Et tu es une petite garce.

Ma réponse le fait sourire.

– Entre toi et moi, qui est la garce ? rétorque-t-il du tac au tac… Bon appétit !

On entame le repas. Il mange une pomme d'or, je fais de même. Ses mains bougent ! J'observe… Giovani prend la serviette pour essuyer ses lèvres pulpeuses. C'est d'ailleurs la première fois que je remarque la beauté de sa bouche. Il me fait des yeux de biche, je lui lance un sourire mielleux puis décortique mon assiette. Les champignons ont une sale tête, j'en goûte un. Malgré les apparences, c'est très bon.

– Ça te plaît ? me demande Giovani.

Je trouve toute cette mise en scène étrange. Je l'interroge alors :

– Gio… Tu as quelque chose à me demander ?

– Une danse ? me dit-il en me tendant la main.

Au même moment, comme par enchantement, les musiciens jouent la célèbre chanson «*Por una Cabeza*» de Carlos Gardel. Je ris aux éclats. Pas question de m'afficher avec un homme sur une danse de bordel en plein milieu de luxe et de beauté. Jamais!

– Rien de mieux qu'une soirée romantique pour régler nos querelles d'amour… chéri!

– Giovani… je ne t'ai jamais aimé et je ne t'aimerai jamais.

– Oh! surjoue-t-il comme si je le touchais d'une flèche en plein cœur.

Giovani se lève alors de son siège de manière distinguée. Pendant un instant, je crois qu'il va quitter la table, mais il s'approche de moi. Tout en révérence et d'une certaine beauté je dois dire, il me retend la main, la droite, pour me convaincre de danser avec lui. Dérangé par le geste, je regarde autour de moi pour discerner ce que pensent les autres. Étrangement, les femmes m'observent toujours d'un air brûlant de désir. Lady Mirada a retiré ses talons et se caresse les jambes de ses pieds nus. Je crois lire un «vas-y» dans le regard de braise qu'elle me lance. Mouton de Panurge que je suis, je me décide à faire ce qu'elles attendent de moi.

Après tout, je veux qu'on me regarde, je veux me sentir admiré, toujours un peu plus. Désirez-moi comme vous chérissez mon frère, Ladies. J'aimerais tellement. Or, je refuse d'être idiot à ce point. Pour vous, les demoiselles du fond, je m'engage malgré le plaisir jubilatoire que j'offre à mon cavalier. Fais-moi tanguer Giovani! Je pose ma main dans la sienne, il m'enserre fortement ma paume et me tire sur la piste. Deux hommes classes, en costume hors de prix, trop proches l'un de l'autre, sont convoités et diabolisés. Les femmes nous épient, émoustillées. Les gentlemen nous méprisent. Messieurs, sachez qu'aux origines du tango, ce sont les hommes entre eux qui le pratiquaient parce qu'il était incongru qu'une demoiselle s'évade de sa chambre pour danser. À l'aube d'un siècle passé, les hommes s'entraînaient ainsi et certains refoulaient des désirs inassouvis, tanguant sur les ports ou dans des lieux interdits…

Malgré mes connaissances d'illustre historien, je suis en sueur, plus vraiment convaincu de mon exploit. Mais manifestement l'italien, à la peau dorée que je jalouse, se sent d'affronter les cornes du taureau. Il déplace furtivement sa main droite pour la plaquer au bas de mes reins, juste au-dessus de ma croupe. J'ai peur. Une chaleur torride m'envahit, n'osant pas me l'avouer. Exerçant une pression dans mon dos, il me ramène vers lui. J'avale ma salive, je suis trop près de ses lèvres… Enfin, il attrape fermement ma main gauche pour s'élancer dans le tango.

En arrière, en avant, on tangue. Au début, on se transfère le poids, aucun de nous portons l'autre. Nous hésitons, cherchant notre rôle. Puis, Giovani frappe le sol et lève le menton. Avec fierté, il prend la décision que je n'ai pas pu saisir : être l'homme. Il me dirige, on glisse. Je suis agréablement surpris qu'il connaisse le pas, je ne le pensais aucunement doté d'un talent. Un crocheté, on tourne.

Le premier violon, manié par une musicienne expérimentée, nous sourit et s'inspire de nous. Lady Mirada a abandonné son gros Andalou friqué pour trouver un autre cavalier qu'elle choisit avec soin.

Même si Giovani me retient avec ses mains, c'est son buste et son poids qui me guident. Je suis le soumis, encore et toujours. Fiote, distrait je marche sur ses pieds ! Il s'écarte, je trébuche chutant dans ses bras, abandonné totalement à son contrôle. Giovani cherche son équilibre pour me redresser gracieusement. J'ai honte, mais son geste fait naître en moi une émotion foudroyante, qui me prend aux tripes.

Contre toute attente, nous n'ouvrons pas le bal des injures parce que deux hommes tanguent. Bien au contraire, nous offrons, à ceux et celles qui n'osaient point, l'opportunité de nous rejoindre. À ma grande joie, c'est le cas des demoiselles du fond. Nous sommes les aiguilles d'une montre, capitaines de l'horloge. Eux sont les numéros qui nous entourent. Si bien que nous sommes admirés, alors que nous sommes très loin d'être de parfaits amants. Lui et moi, c'est plutôt l'amour vache.

— Alors, me chuchote Giovani tendrement dans l'oreille, c'est le moment de lâcher le taureau.

— T'es arrivé dans nos vies comme ça, sans prévenir. T'es qu'un putain d'arriviste.

— ... dit le petit JB, l'air crédule et fleur bleue. Tu mériterais un oscar ! Tu crois que je n'ai pas compris ton p'tit jeu ?

— Je ne joue pas ! m'offusqué-je.

— Toujours à te contredire, toujours à te plaindre... Je suis certain que tu en sais plus que tu ne le dis. Montre-moi ton vrai visage JB.

Guitares, violons, Giovani me fait basculer vers le sol pour faire l'éventail puis il me ramène encore plus près de sa bouche pour déclarer :

– Tu aimerais que ton frère ne soit qu'à toi et rien qu'à toi. Et moi je te gêne, ça te rend dingue. Entends bien ça : j'aime Léopold et...

– Et il ne t'aime pas !

– Plus que tu ne le crois !

On tourne et retourne, je sens les parfums des amants voisins. Pied crocheté. Je croise le regard des demoiselles auparavant cantonnées dans le fond. Elles enflamment la piste de danse par leur divine beauté. L'une est la matador en habits de lumière et l'autre est la femme bestiale mue par une sombre volonté.

Perdu dans l'interlude des deux déesses latines, Giovani me fait revenir à notre échange en tapotant mon talon. Il glisse sa jambe au travers des miennes. Son genou frôle mes parties intimes. Il rampe à mes pieds avec une certaine arrogance. Je prends de la puissance et le redresse pour lui signifier :

– Léo ne t'a jamais aimé. Tu es pour lui comme toutes les femmes qu'il croise : une passe de plus.

– Tu ne connais rien de ma relation avec ton frère.

– Alors, explique-moi. Explique-moi à quel point votre amour surpasse tout.

– Tu ne pourrais pas comprendre.

Il reprend le dessus. Nous virevoltons. Il me fait tourner la tête.

– Tu ne connais rien à l'amour JB. Tu es incapable

d'aimer. Oh d'ailleurs... qui nous dit que ton frère n'est pas parti par ta faute ?

— Alors ça, c'est méchant.

— JB... t'es qu'un fils à papa, gâté et égoïste !

— Tu ne sais rien de ma vie et de mon père, grogné-je, énervé.

Je m'écarte, mais il agrippe ses doigts aux miens, me retenant avec grande vigueur. Puis il me ramène vers lui. Je suis prisonnier par sa force ou bien je me laisse assassiner par son tango, je ne sais plus, je suis dominé. Singulièrement, il pose câlinement sa tête contre ma joue, tel un pieux amoureux. Si proche de son oreille, je me fais un plaisir de lui susurrer :

— Je te hais.

— Moi aussi.

Jennifer débarque alors subitement et s'immisce dans notre danse :

— Heu... Les gars... vous faites quoi là ?

— La ferme ! lui répondons-nous d'une seule voix.

Puis, nous revenons l'un à l'autre pour continuer l'échange de nos vœux d'amour :

— Pute.

— Menteur.

— Refoulé.

— Je vais t' buter, réponds-je, dents serrées.

— Non JB. T'auras pas le temps, je t'ai empoisonné.

— Pardon ? demandé-je surpris.

Giovani me laisse prendre de la distance avec un sale sourire de vainqueur.

– Les champignons que tu as mangés sont vénéneux. Des « Trompettes de La Mort ». Une manière à moi de te remercier pour le coquard. J'ai pas pu travailler pendant une semaine et j'ai perdu beaucoup d'argent.

Il me relâche, ma gorge est sèche, je ne peux plus respirer. Je m'éloigne de lui, m'appuie contre le mur derrière moi. Chaleur, frissons, j'ai des vertiges. Giovani reste face à moi, flou. Je tombe au sol. Jennifer s'inquiète et vient à mon secours.

– Jean-Paul, qu'est-ce que tu as ?

– Il m'a empoisonné… réponds-je mourant, la voix écorchée.

– Quoi ? Gio, mais t'es taré ! s'exclame Jennifer en plein restaurant.

Les musiciens s'interrompent, plus un bruit dans la pièce, plus personne ne danse et les gens nous entourent, tous inquiets, tandis que le meurtrier me regarde agoniser.

– Je meurs ! insisté-je.

– Appelez-les secours ! crie Jennifer, presque en pleurs d'avoir perdu son Jean-Paul. Gio ! reprend-elle, qu'est-ce que tu lui as fait ?

– Je l'ai empoisonné avec des « Trompettes De La Mort ».

– Quoi ? Les champignons ? s'exclame-t-elle.

– Oui, répond-il en minaudant.

Jennifer se redresse et arrache subitement le portable des mains de Lady Mirada, déjà en conversation avec les urgences.

– Giovani… Les Trompettes de la Mort sont des champignons comestibles.

GIOVANI

Fuck! La bimbo sournoise est plus intelligente que je ne le pensais.

– Ah bon ? réponds-je d'un air faussement étonné.

Pendant ce temps, Jean-Baptiste, à présent conscient qu'il est sauvé, retrouve son souffle et toute sa clarté. Nul doute, il est bel et bien hypocondriaque ! Les yeux rouges de colère, il me fusille du regard, prêt à se jeter sur moi :

– T'as essayé de me tuer ? Éructe ma victime.

Tout doux, j'essaye de le calmer.

– Écoute, JB, je...

Vu son regard, je comprends que n'ai aucune fenêtre de négociation. Le côté mielleux ne marchera pas cette fois-ci. Je préfère prendre la fuite, JB à mes trousses.

Dans le hall, je trace puis saute dans l'ascenseur, direction les étages. Les portes se ferment tout doucement, à la barbe de JB qui me traque. Il n'arrive pas à temps. Huitième étage, j'entre sans réfléchir dans la première suite, la Royale. Étonnamment, je retrouve Raphaël dans la chambre de bain merveilleuse. Il est perché sur un escabeau, en train de remplacer l'ampoule de l'abat-jour en latex. Joyeux ludion, il s'exclame que lumière fut à nouveau. Mais, me découvrant en sueur, il m'interroge du haut de ses marches :

– Gio, tout va bien ?

Je ne sais où me réfugier, je manque de réflexion, et, pris au dépourvu, laisse à ma ma victime le temps de me rattraper.

Jean-Baptiste surgit telle une bête, bondissant sur moi. Déséquilibré, je m'accroche à l'escabeau. Effet domino, Raphaël bascule à son tour et se cramponne à l'abat-jour latex pour éviter la chute. Il ne se rend pas compte que cet objet si insignifiant est en réalité une poignée. Soudain, l'électricité grésille, ce qui nous interrompt dans notre folle querelle. La nouvelle ampoule a rendu l'âme, encore. Et, réaction en chaîne, une porte, secrètement dissimulée grâce à la cheminée moderne, vient de s'ouvrir...

JEAN-BAPTISTE

Je suis bouche bée devant la mystérieuse ouverture au fond de la chambre d'eau. Giovani et Raphaël semblent également découvrir l'existence de ce passage. Tout à coup, je suis submergé par le pressentiment que cet endroit a un lien avec mon frère. Comme un gamin qui vient d'ouvrir la caverne aux mille et une merveilles, je suis excité et intrigué d'y entrer. Je fais ainsi le premier pas, pénétrant dans la pénombre. Curieux comme moi, Giovani et Raphaël me suivent.

Nous sommes en costumes chics, avançons dans un couloir étroit et sombre. Garçons du vingt-et-unième, nous nous éclairons à l'aide de nos smartphones. Je ne vois rien, je ne distingue que des murs sales. Au bout du passage poussiéreux, on découvre un vieil escalier de service en bois miteux, colonisé par des araignées. Les marches qui conduisent vers le bas sont dévastées, le bois s'effrite :

le temps est passé par là. L'escalier semble plus solide en direction du haut. On discerne à peine la vieille tapisserie déchirée, même brûlée à certains endroits. Les briques rouges sont apparentes. Il y a des fissures et des trous dans les murs comme s'il y avait eu une fusillade ici.

À ce moment-là, j'ai une intuition bizarre, comme si nous étions au cœur du Galantin, dans l'antre des secrets les plus profondément enfouis de l'hôtel. Cet endroit était sûrement l'escalier de service des domestiques, aujourd'hui abandonné par les hommes du présent, ceux qui préfèrent camoufler le passé derrière un mur, ceux qui peignent des moulures dorées sur la façade. J'imagine des drames, je fabule brièvement sur des tragédies, plongé dans l'histoire de la Seconde Guerre mondiale. J'entends les cris des enfants désespérés. L'odeur puante de la peur s'est imprégnée dans les murs, on entend en sourdine les missiles qui survolent le bâtiment. Nous sommes dans la tanière des femmes et garçons de chambre. Ces pauvres servants qui dévalent l'escalier de service pour gagner un abri. Ils abandonnent un mouchoir, ils cassent un talon, ils achèvent à petit feu le parquet. Ici, ces petites gens devaient dévaler huit à dix étages par jour pour survivre.

Poussé par la curiosité, je grimpe ainsi sur les marches peu solides, levant la tête vers le haut pour y découvrir ce qui se cache. Il fait nuit, tout est sombre. Perplexes, Giovani et Raphaël se regardent puis me suivent dans cette dangereuse ascension. Trois paires de chaussures italiennes affrontent le bois triste et dévasté.

En bout de route, l'étage supérieur est le dernier. Ce palier est assurément le plus propre, comme s'il était entretenu. Ici, il y a un long couloir mansardé avec, à vue d'œil, une petite dizaine de portes en bois. Sur quelques-unes d'entre elles, des étiquettes écolières propres y sont accolées. Elles ont l'air récentes. Dirigeant le flash sur celles-ci, j'aperçois des prénoms de garçons : Loucas, Sebastian... Je tourne à gauche.

GIOVANI

Je tourne à droite et tente d'entrer dans les mystérieuses pièces, mais elles sont toutes fermées à clef, à l'exception de celle étiquetée «Tanguy». Quand je m'en aperçois, je n'ouvre pas plus et ne dis rien aux autres. De mes prunelles noires, je zieute mes camarades, vérifiant qu'on ne m'observe pas. Tout va bien. Alors, discrètement, j'entre outre la porte. Dans l'ombre de la chambre, Tanguy et sa licorne tatouée me regardent longuement, inquiets d'être découverts. Complice, je cligne des yeux pour le rassurer : je suis là pour le couvrir. Puis, je referme la porte lentement, essayant de ne faire aucun bruit afin de ne pas éveiller la curiosité de JB ou Raph. Malheureusement, la vieille bâtisse me trahit et un ultime déclic attire leur attention. Ils se tournent ainsi vers moi, mais ne remarquent rien d'anormal, enfin presque. Jean-Baptiste me scrute, il connaît désormais mon petit air fourbe et malicieux. Cherchant à les éloigner, j'annonce :

— Rien à signaler de ce côté. Toutes les portes sont fermées.

J'attends que JB et Raph détournent l'attention. Comme si de rien n'était, quelques pas plus loin, je me rapproche d'une porte, la mienne. Ici, il y a inscrit mon prénom «Giovani». Après ma rencontre avec Léo, cet endroit était mon refuge, là où j'ai tout appris. Un sentiment nostalgique s'empare de moi. Toujours en douce, je déchire délicatement l'étiquette...

JEAN-BAPTISTE

Je sais que Giovani me raconte un mensonge et qu'il a vu quelque chose. Je n'insiste pas, pas envie d'entrer dans un ultime combat.

J'arrive à la dernière porte au bout du couloir.

Je lis le prénom... Un froid glacial m'envahit et me fait frissonner. Sous le choc, j'alarme Gio et Raph:

– Heu... Les gars, venez voir ça...

Ils se rapprochent et découvrent avec effroi l'étiquette: «Léopold». C'est le nom écrit ici. Ça ne peut pas être du hasard, non. Et Raphaël ajoute:

– C'est l'écriture de Léo...

Terrorisé, je pose ma main sur la poignée en fer rouillé pour pénétrer dans l'antre secrète, mais la porte est fermée à clef.

– Merde! m'exclamé-je.

Je sens une chaleur intense. Les pièces scellées sont apparemment chauffées. Je ne veux pas repartir sans avoir vu ce qui se cache derrière, non, ce n'est pas possible. Alors, à coup d'épaule, je me jette sur la porte pour la défoncer. Fragile, le bois se brise en morceaux. J'atterris sur le plancher. Un peu déstabilisé par la chute, Raphaël m'aide à me relever. Je dépoussière mon costume puis regarde autour de moi.

Nous sommes dans une chambre de bonne sous les toits du Galantin avec une seule lucarne qui donne vue sur Paris et les étoiles. Giovani trouve l'interrupteur. Camouflées dans des auvents des années trente, deux ampoules éclairent désormais la petite chambre qui ferait rêver les bibliothécaires. Des livres en pagailles sont superposés les uns sur les autres. On discerne à peine l'espace et le mobilier. En dessous de la fenêtre, je me rapproche du bureau en chêne rongé par les mites. Sur celui-ci, il y a des papiers, un cendrier et des mégots, un stylo plume et de grands vases dans lequel ont été abandonnés des bijoux de valeurs. Cette collection importante provient sans aucun doute des cadeaux de sa clientèle. On a l'impression qu'il déposait dans cette pièce toutes les armes qu'il emmagasinait. Au sol, Raphaël trouve un coffre rempli d'emballage de préservatifs usagés. Faisait-il le compte de ses actes? Il y a d'innombrables objets en tous genres qui traînent avec les livres. Tout a l'air important, mais une boîte en fer attire soudain mon attention. Elle est illustrée d'une Pinup qui mange des cookies, et est malheureusement scellée par un cadenas. Coûte que coûte, je fais mon maximum pour l'ouvrir, mais en vain, c'est un véritable coffre-fort! Quel effroyable secret se cache dans cette boîte?

À côté, un carrousel miniature. Je tournicote le jouet pour qu'il nous fasse de la musique. Au-dessus, accroché sur la papier peint à fleurs roses et bleues, il y a un ticket de manège de *Wonder Wheel*. Étrange, c'est la fête foraine où je suis allé avec Lady Christmas… Je n'y prête guère attention, il y a trop d'informations et seules les évidences nous interpellent. Je continue de fouiller tandis que Giovani fait semblant d'explorer, soulevant à peine les objets. Je crois qu'il ne veut pas se salir… Raphaël, quant à lui, attaque les livres qui surplombent la pièce. Page après page, son visage s'assombrit.

– Hé venez voir!! s'exclame-t-il soudain. Il y a des annotations dans tous les sens. On dirait que Léo examinait ses clientes à travers la littérature qu'elles lui offraient. Regardez…

J'attrape le livre, mais que faut-il croire ou ne pas croire ? Il était évident que mon frère dressait des profils, mais quoi après ?

Raphaël est ensuite intrigué par une photo qui dépasse du sommier du vieux lit aux draps jaunis ; examinant la structure, il comprend qu'il s'agit en réalité d'un lit-armoire déplié. À ses côtés, Giovani prie intérieurement le ciel pour ne pas que l'ami s'y attarde. Mais finalement, Raph remonte le lit au mur et se révèle alors sous nos yeux l'effroyable vérité. Femmes, hommes, corps dénudés, dessinés au crayon ou photographiés à leur insu, sont placardés sur l'armoire comme les suspects d'un meurtre dantesque. Certains sont reliés par un fil rouge, vert, rose ou encore bleu, d'autres sont abandonnés, regroupés dans le même coin. Il y a des noms. Ce sont tous des Ladys ou des Mister. Effaré, je cherche à comprendre. Se sentant contraint, Giovani nous informe alors :

– Ce sont les clients de Léo…

À quel jeu malsain jouait donc mon frère ? Soudain, Raphaël, Giovani et moi nous arrêtons sur un portrait central avec marqué dessus en grosses lettres la mention « COUPABLE ». La photographie représente une femme aux cheveux rouges, au visage froid et rigide…

– La poule aux œufs d'or, susurre Giovani.

Une impression de déjà-vu m'ensorcelle. Je m'approche plus près, la femme m'est étrangement familière, bien plus que je ne me l'imagine, mais je ne n'arrive pas à me souvenir. De manière récurrente, sa perruque flamboyante, ses lunettes de star et ses multiples manteaux de fourrure m'empêchent de discerner sa réelle identité. Accrochés aux portraits, il y a des informations sur la clientèle : ce qu'ils aiment, leurs marques préférées, leur situation, les mots qu'ils emploient à foison et une série de nombres qui ne ramène à rien. Giovani reste toujours dans un coin, discret. Je continue d'observer de près le sommier satanique et je lis : « *Lady Cupcake, menteuse, cache-t-elle quelque chose ?* », « *Mister Plastic est-il T.G. ?* ».

– Qu'est-ce que « T.G. » peut vouloir dire ? s'interroge Raphaël.

On retrouve ces initiales partout sur les photos. Je piétine, j'avance, je cherche une explication rationnelle à tout ça, je ne trouve pas. Une idée traverse soudain mon esprit. Je reviens sur le portrait de la poule. Je réfléchis, j'insiste. Photo une, photo deux, je l'observe minutieusement quand soudain, je la reconnais. Oh mon dieu! Mon sang se glace, je comprends tout. Choqué, je prends du recul pour voir l'ampleur des dégâts. Mon frère ne cherchait pas le coupable d'un meurtre, mais d'un tout autre crime: un vol. Et cette histoire remonte à plus de dix ans en arrière.

Mon regard tombe alors sur le journal intime soigneusement déposé sur un petit chevet en bois terne. Il est évident que cette histoire y est retranscrite. Les larmes me transpercent, j'ai peur de ce que je vais découvrir. M'en approchant, je caresse la couverture en cuir bordeaux puis je m'aventure dans les récits funèbres des d'Arpajon et de notre vie au «Croissant d'argent».

8
TATIE ROSIE

JEAN-BAPTISTE

Page 1, je n'ose enfreindre la plume de mon frère. Je lis ses mots à haute voix, phrase après phrase, je me souviens, j'y étais… J'agrémente le récit du journal de ma version des faits à Raphaël et Giovani.

Paris, jour de pluie, le 1er avril 2007, il est onze heures cinquante-huit. Dans notre noble résidence du huitième arrondissement, le parquet est lustré, les meubles impeccables sont dépoussiérés, Juliette a fait le ménage. C'est un dimanche pas comme les autres.

Juliette, l'intendante de la maison, n'a pas quitté les lieux. Après la mort de Diane, notre mère, cette femme a endossé le rôle de la figure maternelle.

En ce dimanche printanier, elle contrôle que tout est propre, rangé. Les bibelots sont alignés, la nappe du dimanche est repassée et les rideaux, soigneusement attachés, sont parfumés. Tout doit être impeccable, car c'est dimanche. Mais la vérité, c'est que Juliette est sans cesse angoissée quand la famille d'Arpajon se réunit. Elle, qui n'est qu'une simple bonne, accumule les remarques désobligeantes de Tatie Rosie depuis ces dernières années. En effet, jalouse, ma tante ne supporte point que l'intendante ait en quelque sorte pris la place de Diane, sa sœur. Pourtant, c'est à Juliette que nous devons notre éducation : elle a eu le courage d'élever des jumeaux. Oui, notre père sans cesse absent, c'est elle qui nous a conduits à l'école, qui nous a aidés à faire les devoirs, qui m'emmenait au tir à l'arc le samedi après-midi. Elle n'est pas une simple domestique, elle est notre mère de substitution, la femme qui nous a élevés la tête haute sans jamais demander la moindre reconnaissance, sans jamais réclamer un titre. Juliette n'en avait pas besoin, sa raison de vivre, c'est d'être au service des d'Arpajon – et surtout de Charles, mon père. Elle lui voue sa vie. Sans doute est-elle secrètement amoureuse ? Peut-être. Mais papa n'en a jamais parlé, il n'est pas bavard et ne démontre aucune affection. Jamais. À part ce dimanche…

La table est mise, la salle à manger est prête, le lustre en cristal du hall d'entrée est allumé. Malgré sa double exposition, le ciel sombre d'avril 2007 n'éclaire pas assez cette pièce, la plus majestueuse du « Croissant d'argent ». Salle à manger spacieuse, table royale en chêne et vaisseliers aux grandes portes de verres, la déco est vieillotte, mais il ne faut pas y toucher. Sous l'ordre de Monsieur d'Arpajon, il est interdit d'y déplacer quoi que ce soit, car c'était ma mère qui l'a stylisé dans les années quatre-vingt. On dit que le décorateur était son amant, Théodore. Papa dit que c'était un simple artisan inconnu au mauvais goût. Qu'importe, m'a petite maman a laissé son empreinte ici et il faut l'honorer.

Seul dans la pièce, assis sur un fauteuil moelleux kaki, genoux repliés, chaussures abandonnées, lunettes sur le nez, je suis plongé dans un livre. Mon frère débarque et s'installe face à moi. Il sifflote, essayant de me déconcentrer, comme à l'accoutumée. Il ne supporte pas mon air sérieux. Je ne lui prête pas attention, je reste concentré dans ma lecture. J'entends la percussion de son silex, il allume une cigarette et met les pieds sur la chaise voisine. Juliette entre à cet instant, apportant un bouquet de fleurs pour décorer la table. Agacée par l'attitude désinvolte de Léopold, elle râle :

– Roo Léo, mais c'est pas vrai ! Comment je vous ai élevés ? Enlève tes pieds de la chaise !

– Elles sont propres, je viens de les acheter, répond mon satané de frère.

Et là, il capte toute mon attention. Je regarde sa nouvelle paire en cuir beige et je demande :

– C'est des Hermes ?

– 520 euros ! affirme-t-il fièrement.

Je casse sa joie en brandissant ma nouvelle paire également : deux bottines de cuir bleu nuit.

– 600 euros !

Voilà, nous, vingt-deux ans, pourris gâtés. Notre plus grande préoccupation est de savoir qui dépensera le plus pour briller dans notre cercle doré. Chaque matin je me lève avec une seule idée en tête : qu'est-ce que je vais acheter aujourd'hui ? Le plus angoissant, c'est qu'il y a toujours quelque chose à acquérir, une bonne raison de dépenser, une jouissance exquise de créer le besoin. Nos habits n'ont aucune valeur, ils sont le reflet de notre âme desséchée. Seulement, malgré cette fascination pour les accessoires superficiels, je suis tout de même conscient de notre standing. Conscient que nous ne sommes pas des riches immortels. Nous ne sommes que deux simples garçons, clonés naturellement et imbéciles de croire que notre petit monde ne peut s'écrouler. Si l'argent me rend heureux, j'ai aussi pour projet d'en gagner plus. Actuellement en école de médecine, je serai un grand médecin, j'écrirais des thèses, je serai connu pour mon intelligence et surtout riche, très riche. À la différence de mon frère qui n'a aucun but. Léopold ne veut pas se salir les mains et préfère se contenter d'être rentier. Il a tort, rien n'est éternel, rien.

La famille d'Arpajon s'est éteinte lentement. Il ne reste plus que notre père Charles et nous, les jumeaux héritiers de quelques millions d'euros. Du côté de ma mère survit encore Tatie Rosie. Mais je ne compte pas sur sa trésorerie. Père dit qu'elle est ruinée et qu'elle sauve les apparences avec une vieille garde-robe luxueuse.

En parlant de notre Tante British, la voici ! Telle une tornade, le sosie de la Queen Elizabeth fait une entrée remarquable. Escarpins blancs, robe bleu turquoise, Rosie retire son manteau en laine blanc pailleté et interpelle un domestique de la maison :

– Garçons !

Mais les petites gens sont affairés en cuisine pour préparer le dîner de ce dimanche exceptionnel. Personne pour servir ma reine, je me lève donc précipitamment pour accueillir son manteau dans mes bras. Elle en profite pour m'embrasser sur la joue, me laissant son rouge à lèvres comme signature. Elle sent Guerlain, j'aime tellement Tatie Rosie, c'est mon idole, la matrone des temps anciens. Juliette s'approche d'elle et se force à lui faire la révérence.

– Lady Gates, je suis ravie de vous accueillir et...

– Oh taisez-vous courtisane. Sachez qu'on entre comme dans un moulin ici.

Un caractère bien trempé, Trinity Gates de son vrai nom a une coupe permanentée blanc rosâtre. Et si on lui donne le surnom de Rosie, c'est à cause de ses cheveux nacrés ; son coiffeur abuse sur le déjaunissant. Elle se rapproche de Juliette pour lui remonter son décolleté et ne peut s'empêcher de manifester son affection :

– Va falloir apprendre à fermer les portes, Miss Maid.

Rosie tourne alors les talons pour contempler la pièce aux merveilles. Dans son dos, Juliette se retient d'attraper le chandelier en argent pour commettre un meurtre.

– Cet endroit est toujours aussi somptueux. Je reconnais les goûts de Diane.

Elle se retourne ensuite vers mon frère et moi, souriante ; son rouge à lèvres a débordé sur ses dents.

– Gentlemen, j'imagine que votre mère doit vous manquer. Ne la pleurez pas, c'était une trainée qui a fricoté avec un vulgaire domestique.

Serait-ce le Théodore sur lequel on murmure tant ? Lady Gates s'approche de la table.

– Chaise ! réclame-t-elle d'un air snob.

Léopold tire le siège pour qu'elle s'assoie. Elle allume une cigarette Vogue tandis que je m'installe face à elle.

– Jean-Baptiste, décale-toi s'il te plait. Je veux ton frère en face de moi.

Et je m'exécute, tel un sous-fifre né. Malgré mon admiration pour Tatie Rosie, elle ne me voit pas. Tout le monde ne fait attention qu'à Léo et moi, je suis l'enfant de trop, le clone imparfait de mon frère qui prend alors ma chaise, comme il sait si bien faire ; voler ma place, encore et encore.

Bien que désormais réduite, la famille est ainsi au complet. Il ne manque plus que mon père.

– Où est mon beau-frère préféré ? se demande Rosie.

– Charles lit son journal au coin de la rue, répond Juliette, toujours aussi ignorée par Tatie.

– Jean-Baptiste, va chercher papa tu veux, j'ai faim. Exige Léopold.

À ses ordres, je cours !

Page 10 : je découvre dans le journal ce que je n'ai pas vu en quittant la pièce.

Tatie Rosie attend sagement de se retrouver seule face à mon frère. Lui, content de son pouvoir sur moi, ricane.

– Qu'est-ce qui te fait rire ? demande Rosie au jumeau parfait.

– Mon frère est une mauviette, dit-il d'un ton amusé.

Sans préavis, Tatie gifle violemment Léopold, gravant sur sa jeune peau la marque de sa bague.

– *Motherfucker*! Tu n' sais même pas faire pipi tout seul et tu joues au grand? Conduis-toi en homme, *damn it*! Ce garçon que tu rabaisses sans cesse, c'est ta chair. Ne l'oublie jamais, *stupid boy*.

Pendant ce temps, bien loin de me douter des évènements à l'étage, je dévale nos escaliers recouverts d'une moquette verte, je slalome sous la pluie, je bouscule un homme tenant une pizza, j'arrive à la brasserie *Chez Gégène*, le QG de mon père. À peine ai-je franchi le seuil qu'un serveur accourt à mes pieds. En société, je suis respecté, je suis Jean-Baptiste d'Arpajon, j'ai de l'argent – enfin celui de mon père –, j'ai le pouvoir.

– Bonjour. Je cherche mon père, informé-je le serveur qui m'accueille.

– Au fond du restaurant, me dit-il avec amabilité.

Alors j'avance jusqu'à la table renseignée. De loin, je le vois face à moi. Il ne me remarque pas. Le visage dur, inexpressif, ses yeux sont perdus dans le néant comme le jour où il a appris le décès de maman. Il est face à une femme aux cheveux naturellement auburn que je ne peux découvrir encore. J'avance avec un mauvais pressentiment et quand j'arrive à la table, se révèle l'identité de la femme : Danielle Thomas, des yeux de chien battu à peine maquillés, un nez grossier, des pommettes qui tombent, elle n'est pas gracieuse et paraît âgée. Je ne la connais pas particulièrement, mais j'ai souvent eu l'occasion de la croiser. Danielle est la gestionnaire de notre fortune, et ce depuis bien avant ma naissance. Comme à chaque fois qu'elle me voit, son visage s'illumine, mais je sais qu'elle préfère mon frère. Elles préfèrent toutes Léopold.

– P'pa, on t'attend pour déjeuner.

Il ne répond pas et regarde la pluie tomber par la fenêtre. Embarrassée, Danielle se lève de la banquette.

– Je vais me repoudrer, je reviens, dit-elle, parlant toujours avec cette voix sensuelle, au timbre si masculin.

Brièvement, l'idée qu'elle soit en réalité un homme me traverse l'esprit. Amusé, je la regarde s'éloigner de notre espace. Mais non, suis-je bête! Son physique n'est certes pas favorable, mais elle reste une femme. Je m'installe à sa place, face à mon père.

– P'pa, qu'est-ce qui se passe? Ça fait des semaines que tu agis bizarrement. Léo et moi on s'inquiète.

Il ne me répond pas, immobile, regardant toujours la ruelle grisâtre.

– Allez, papa, on rentre. Juliette a fait ton plat préféré.

Je me lève du siège quand il m'interpelle :

– 20 millions, prononce-t-il sans aucune émotion.

– Quoi 20 millions?

– C'est la somme qu'on vient de perdre.

Je regarde autour de moi, cherchant une caméra cachée puis je me penche sur mon père, souriant :

– C'est un poisson d'avril?

– Jean-Baptiste, ne dis rien à ton frère... Léopold ne doit jamais savoir. Il serait déçu de moi.

Son air désemparé me fait comprendre qu'il est sérieux.

Sous le choc, je me rassois. Puis il se passe quelque chose de totalement improbable. L'air absent de Papa s'efface soudain, et il me regarde avec un grand sourire chaleureux. Comme s'il venait de me découvrir en ces lieux, il s'exclame :

— Léo ! Je suis content de te voir. On va manger ?

Je n'ai pas le temps de lui dire qu'il fait erreur, que je suis JB, qu'il a déjà quitté l'endroit. Seul, je reste ancré dans mon fauteuil, totalement déstabilisé par ce qui vient de se produire. Je regarde par la fenêtre mon père marcher en direction de la maison.

— Il est parti ? demande la femme/homme. Je me tourne vers elle, effondré, et lui réclame son attention :

— 20 millions ? Comment il a pu perdre autant d'argent ?

Embarrassée, madame Thomas s'installe face à moi.

— Vous le connaissez mieux que moi, commence-t-elle sur le ton de la confidence. Votre père est un joueur. Il a parié sur un projet immobilier et il s'est trompé.

— Ça ne lui est jamais arrivé, m'énervé-je en essayant tant bien que mal de chuchoter.

— Il faut un début à tout.

— Il nous reste combien ?

Je suis angoissé par avance par la réponse. Cet attrait pour l'argent, Danielle le voit dans mes yeux.

— Vous n'avez pas tout perdu.

— Combien ? insisté-je.

Un sourire jouissif naît sur le visage ingrat de madame Thomas. La bouche en cœur, elle continue de s'adresser à moi avec beaucoup d'ardeur :

– Trente-deux millions.

Et c'est là que je comprends. Je comprends que je ne sais rien. Je ne me rends même pas compte si cette somme est importante ou non. Je n'ai aucune notion de la valeur de l'argent et Danielle s'aperçoit aisément de cette faiblesse.

– Monsieur d'Arpajon, vous pouvez encore investir ailleurs. Jouer plus gros. Miser plus, pour gagner plus.

– C'est pas dangereux ? demandé-je, naïf.

– L'argent est un bien dangereux, dit-elle avec assurance.

Sur la table, Danielle avance lentement ses mains vers moi, tels des tentacules qui se déploient puis elle les enroule autour des miennes, de façon à m'amadouer. Si elle n'est pas vraiment belle, elle a l'art de la manipulation. Insouciant, je ne m'aperçois pas immédiatement de son pouvoir de séduction. Jeune candide, je réfléchis avec ma bite, pensant un instant avoir trouvé une alliée. Elle gagne du terrain, me regarde avec des yeux de braise. J'avale ma salive, inondé par un désir inattendu, comme si un volcan était prêt à exploser. Enfin, elle ajoute :

– Monsieur d'Arpajon, je suis aussi votre gestionnaire. Si j'ai un conseil à vous donner, demandez procuration sur le compte de votre père. Il vieillit et perd un peu la raison. Sa santé m'inquiète beaucoup, vous savez…

Également soucieux, je bois toutes ses paroles. Tout s'emmêle dans ma tête. C'est alors que toute cette domination me fait terriblement peur. Comblé d'inquiétude, je manque de politesse. Je retire précipitamment mes mains de la table et quitte sauvagement l'endroit, laissant Madame Thomas seule, avec ses ardeurs.

Après avoir marché un bon quart d'heure, je retrouve la famille à table, accompagnée du fils adopté, Raphaël. Personne ne m'a attendu. Impénétrable, je m'assois lourdement à ma place, aux côtés de mon père. J'ai avec moi un nouveau bagage, un secret destructeur. Tandis que je tente désespérément de cacher mes sentiments, mon père se penche sur moi, jovial, et me dit :

— Excusez-moi monsieur, c'est la place de ma femme.

Ça a commencé par des prénoms qui se confondent, des silences à combler. La mémoire de mon père lui échappe...

— Quelqu'un a vu Diane ? demande-t-il à l'assemblé.

Diane, ma mère défunte, retrouve sa sœur Rosie deux mois plus tard. C'est allongée royalement qu'elle s'est éteinte dans son sommeil. Elle nous laisse comme héritage son divin parfum, son souvenir indélébile et une panoplie de dettes que mon père avait annoncée. Ceci n'arrange guère notre situation...

9
LADY RUSSIAN

JEAN-BAPTISTE

Page 18, le récit prend des allures de journal de bord. Si je devais lui donner un titre, je l'appellerais « Les Poupées russes ».

Ce à quoi ressemblent les femmes pour mon frère. Il a toujours été un tombeur, un collectionneur ; il aime les belles choses. Et, il a cette particularité, ce diable dans le corps, ce feu qui l'anime que je n'ai point. Mais il ne récolte que des femmes superficielles, vénales, simulatrices. Blonde platine, rousse flamboyante ou brune corbeau, elles sont les drôles de dames de Léopold, les cagoles de Paris. « Panthea, Léa, Victoria… » Elles te donnent la sensation de sortir tout droit d'une télé-réalité ou d'une telenovela à succès de Rio. En secret, je m'amuse à les surnommer : les travelos de Janeiro. Ce ne sont pas des femmes, ce sont des poupées sans intérêt, bêtes et creuses. Des croqueuses de diamants qui ne sont là que pour la dot. Et Léo les brandit en société comme des trophées. Il ne les aime pas, il ne leur fait pas l'amour. Il les baise puis immanquablement s'en lasse et passe à la suivante. Voilà qui est Léopold. Un vulgaire garçon.

Moi, je ne suis pas bien meilleur, mais les femmes, je les respecte. Seulement, parfois je me demande : est-ce la meilleure attitude à adopter ? J'ai bientôt vingt-trois ans, je n'ai aucune expérience, je suis l'héritier bis qui reste dans son coin et qui a peur. Je suis un simple gars avec des binocles, un étudiant sans vécu, immature, sans étincelles et sans ardeur. Je n'attire pas les femmes. Je suis en cristal, je suis le garçon féminisé.

Et puis, il y a Kristina.

Été 2007, alors que Paris souffre d'une canicule, je rencontre le nord, Kristina. Pourquoi pas moi ?

Un samedi minuit, trente degrés, la jeunesse dorée fourmille aux Champs Élysées. Boîte de nuit *Le Raspoutine*, ambiance rouge passion, cabaret, Champagne *Perrier-Jouët* trois cents euros sur la table, cette fille magnifique, à la poitrine généreuse, aux cheveux chocolats et aux yeux clairs s'adresse à moi, sans que je ne sache pourquoi. ... Naïf...

On se revoit. Elle me dit avec son accent russe que je l'amuse. Kristina est sincère et elle m'aime, je crois.

Novembre 2007, je prends congé en Belgique. À mon retour, il me tarde de la retrouver. Finalement, je ne connais pas grand-chose d'elle et Kristina ne sait pratiquement rien de moi. Mais, il y a ce je-ne-sais-quoi qui nous anime à chaque fois que nous sommes ensemble. Je suis amoureux, je crois.

De retour de mes vacances belges, je traîne ma valise Vuitton, deux mille euros. C'est une journée d'apparence ordinaire : brouillard, vent, fine pluie, Paris. Écouteurs dans les oreilles, chantant à tue-tête, je marche sur le goudron sale, pris par un sentiment nouveau, celui d'être un garçon différent. Je vais bien... Merde, une flaque d'eau! Je viens de souiller mes bottines bleues que j'aime tant. Je sors un mouchoir de ma poche puis me penche pour les essuyer. En me redressant, je croise mon reflet dans une vitrine. Je me regarde, moi, mon Vuitton, mes bottines et mes habits hors de prix. Profite bien JB, me dis-je, l'argent n'est pas éternel.

J'avais scellé en moi les secrets que mon père m'avait confiés. Ayant la chance, pour une fois, d'être l'unique confident, je ne voulais pas le décevoir. J'avais donc appris à vivre avec.

Je pousse les grilles rouillées, passe sous une arche pour pénétrer dans une charmante impasse aux pavés sombres, l'entrée de service du Galantin, le nouvel hôtel du huitième. Je m'aide de mon iPhone première génération, cinq cents euros, pour être certain de la localisation de mon rendez-vous. Au fin fond d'un cul-de-sac, comme si c'était un endroit secret, il y a une porte de fer, attaquée par le lierre grimpant, encore vert grâce à l'atmosphère humide. Une charmante odeur de poisson frais domine le lieu. Assurément, je suis bien à l'entrée des petites gens.

Il est seize heures, je ne suis pas en retard. Un bruit assourdissant résonne, la porte usée des ouvriers couine. En sort Raphaël, en tenue de garçons de chambre, se séparant de son nœud papillon orange. Si j'étais une femme, Raphaël serait mon homme idéal. Il est assurément gentil, drôle et serviable. Mais pour l'heure, je suis un homme, j'aime les femmes et Raphaël est mon ami d'enfance. Cet ami que vous n'avez pas vu depuis des semaines et que vous retrouvez comme la veille. Cet ami avec qui vous pleurez, avec qui vous faites les quatre cents coups. Cet ami que vous ne voulez pas perdre, peu importe les chemins que nous prendrons, il restera à jamais mon frère de substitution. On se prend chaleureusement dans les bras. Heureux de me retrouver, Raphaël s'adresse à moi avec un large sourire :

– Alors ma caille, t'as présenté ta copine à Léo ?

– Quoi ? Non, pas encore. Je n' lui même pas dit que j'avais un jumeau.

Tout à coup, Raph perd sa gaieté. Il vient inévitablement de mettre les pieds dans le plat… À son attitude, j'en déduis qu'il s'est passé quelque chose entre Kristina et Léopold. Suspicieux et d'une colère naissante, j'assomme Raphaël de questions :

– Il s'est passé quelque chose ?

Gêné, mon ami s'écarte, cherchant à me fuir ; il ne veut causer aucun tort ni à moi ni à Léo. Alors, il tente de déguiser la vérité en employant ce ton aigu, synonyme chez lui de mensonge :

– Non, rien, rien…

Mon humeur bascule.

— Raph !

— OK ! Il craque. Il vient de prendre une chambre avec elle. Je pensais que tu savais… que…

— T'es pas sérieux ?

— … que c'était genre une surprise pour ton retour. Heu… Un truc dans le genre quoi.

Et une sombre agressivité s'empare de moi.

— Il prend une chambre à coucher avec ma meuf et toi tu crois qu'il va jouer au Scrabble ?

— Je sais pas moi, je…

— Mais t'es abruti ! explosé-je. T'es le pire ami qu'il soit ! Où ils sont ? Quelle chambre ?

Penaud, Raphaël baisse la tête.

— Heu… Suite Royale.

Enragé, j'abandonne ma valise Vuitton et entre précipitamment par cette fameuse porte de service. Je réalise soudain que je m'engouffre dans un lieu qui m'est totalement inconnu. Alors, vert de rage, je ressors aussitôt pour demander :

— C'est où ? Quel étage ?

Embarrassé, Raphaël me répond :

— Huitième, deuxième porte à gauche.

Il me tend son badge que je lui arrache des mains puis je prends la poudre d'escampette. La porte de fer couine et se referme toute seule. Je laisse derrière moi Raphaël et l'impasse parfumée d'un fumé de poisson grillé.

Je circule dans le Galantin sans réfléchir par où passer. Je traverse les cuisines du restaurant, je me perds, je reviens en arrière, prends l'escalier de secours et déboule au huitième étage. «Première porte à gauche» il a dit… La suite, intitulée «Princière», est grande ouverte. Étrange… J'entre.

Une odeur de peinture fraiche envahissante m'incommode. Les murs sont blancs comme neige, des pots de peintures ocre et havane sont au sol, sur le parquet brut usé. Des bâches recouvrent les meubles et les fauteuils. J'en soulève une, le mobilier semble neuf. L'endroit est encore neutre, en cours de naissance. Je suis seul au cœur de la «Princière» vierge, l'ascendant visiteur. Me suis-je trompé de chemin? Je vagabonde, désemparé par l'idée que mon frère fornique dans cet établissement et surtout avec ma copine. Mais c'est ainsi, comme toute belle chose qui m'appartient, il faut qu'il me la vole. Je cherche une issue, une échappatoire, un recoin pour pleurer. J'ai vingt-trois ans, je veux mourir de désespoir. Je suis pathétique. Ma vie serait-elle toujours ainsi? Être sous l'empire de mon frère jusqu'à la fin des temps? Sommes-nous deux âmes maudites qui répéteront les schémas de la domination jusqu'à l'infini?

J'entre dans une petite pièce, dénuée de chaleur. Un lit bâché trône dans l'espace et des outils de travaux sont éparpillés un peu partout. Je m'allonge sur la couverture en plastique, tel le premier client de la «Princière». Je cherche à faire le vide, le néant m'envahit, le plafond est blanc. Une larme s'échappe de ma prunelle et touche bruyamment la bâche. Je suis perdu dans l'altitude, je remarque que le plafonnier est taché. Je suis les points comme un chemin, comme si je regardais une constellation, c'est comme compter les moutons pour m'endormir. L'imperfection des murs m'attire, à tel point que je remarque que celui face à moi est sacrément abimé, criblé de trous, comme si quelqu'un y avait donné des coups.

Soudain, un souffle haletant monte en puissance et m'alarme. J'entends un couple faire l'amour ! Je me redresse spontanément, cherchant d'où provient le tapage. C'est derrière le mur abimé. Je colle mon oreille sur celui-ci essayant de reconnaître les murmures érotiques de mon frère ou de Kristina. Quand tout à coup, une idée vicelarde me traverse l'esprit. Animé par ma bêtise, je m'empare d'un tournevis qui traîne et j'attaque le mur déjà bien détérioré. Il y a un endroit, une sorte de trou bouché. À l'aide de l'outil, j'accentue la fente, des miettes de pierres tombent, je fais apparaitre un faisceau de lumière, une vue, la chambre voisine. Je pose alors mes binocles pour y découvrir qui sont les amants de la Royale. L'angle me permet de voir la chambre bleu roi qui est ouverte sur le salon.

Sans surprise, se dévoilent Léopold et Kristina. L'Angleterre s'empare de la Russie, nous sommes en guerre. Entre deux montagnes, illustrées par le tableau en arrière-plan, je vois ma petite amie, seule, assise sur une table. Je suis le petit soldat vert retranché qui l'observe. Ses cheveux gras, humidifiés par sa sueur, tombent sur son chemisier blanc à peine entre-ouvert. Elle n'a plus sa jupe. Mon frère est à genoux face à elle, déjà nu et lui lèche la vulve. Je reçois une balle en plein cœur. Je suis touché, gravement blessé, je saigne de chagrin. Rouge. Rouge amour, rouge corrida, rouge agressif. Elle saigne. Kristina a ses règles et déverse son sang sur la langue de Léopold. Surpris, il se relève précipitamment et crache à terre, écœurée. De ses mains, il frotte sa bouche en sang, puis essuie ses menottes sur son corps. Sa peau blanche est ainsi salie par le sang de Kristina. Ma poupée russe volée est terrorisée. Avec ce regard qui se confond en excuse – elle ne savait pas qu'elle avait ses règles. Comme mon frère, je ressens une sensation de dégout, mais en réalité, quand une femme perd son sang, nous ne comprenons pas ce qui se passe. Personne n'explique à un garçon les secrets féminins et ce qu'elles endurent. Comme tous les tabous de notre société, nous sommes contrôlés par la peur de l'inconnu.

D'un pas sauvage, Léopold s'approche de Kristina et la gifle violemment. Culpabilisant, elle ne réplique point, s'estimant coupable, supposant qu'elle a fait une grave erreur. Il l'attrape alors brusquement pour la retourner. Elle s'appuie contre la table, bien consciente du sort qui lui est réservé. Soumise, elle se laisse faire. Fusil braqué, Léopold la pénètre sans son accord. Il la tient fermement par les avant-bras et enchaîne violemment des mouvements de bassin. Il se fait plaisir tandis que Kristina se laisse prendre, à la fois dominé par le plaisir et le mal qui l'habite. Mon frère s'exhibe à présent devant moi, je ne vois plus rien d'autre à part son fessier. Et tout à coup, quelque chose se passe en moi, me pénètre aussi violemment que Kristina : je suis admiratif des fesses de mon jumeau. Ma petite amie gémit, mon souffle est si chaud que je fais de la buée sur mes lunettes. Je m'écarte alors du trou du mur pour retirer ma paire de vue, totalement déstabilisé par la soif qui s'éveille en moi.

Suis-je à ce point trop égocentrique pour admirer mon reflet ? Je ne peux refouler ce sentiment, je dois aller au bout, me l'expliquer. À ce moment-là, ma peur sommeille, car j'ai un avantage, je suis caché. J'avance avec prudence mon œil marron. Depuis le trou, j'admire les balancements de Léopold, il m'excite. Je me laisse totalement aller, guidé par mes envies. Lentement, je défais ma braguette, le bouton de mon jean et le laisse tomber à mes pieds. Tout en continuant d'admirer le travail du maître, j'insère doucement un doigt dans mon anus. C'est la première fois. Je n'ose m'avouer mon geste, je reste le petit soldat du plaisir. Je brûle à l'intérieur, envie de m'exprimer vocalement, mais je me retiens, serrant les dents pour garder ma présence secrète. Petit à petit, je pousse mon doigt, essayant d'aller plus profondément. Mon anus se dilate tout doucement, j'essaye d'en mettre un second, mais j'ai du mal. Mal de désir. Je ne m'arrête pas en si bon chemin, pas avant que Léopold ne jouisse. Nous savourons l'instant ensemble, nos respirations se synchronisent, je la sens sur mon corps, elle m'habite. Je sens que ça vient. Je pose ma seconde main sur mon pénis pour en finir. Léopold et moi jouissons en même temps.

Suite Royale, on entend l'eau de la douche couler. Face à un miroir en pied, posé sur le sol du salon, Kristina est seule dans la pièce et se contemple longuement, le regard vide. Sa jupe remontée, elle reboutonne lentement son chemisier blanc, à présent marqué par les mains sanglantes de Léopold. Les empreintes du mal. Mais comme beaucoup de victimes, elle n'a pas conscience de ce qui s'est passé. Moi, j'appelle ça un viol. Alors Kristina continue de s'observer, meurtrie et blessée à jamais. J'entre à cet instant et elle me voit dans le reflet de son miroir. Elle se retourne vers moi, perdue. Elle comprend que quelque chose cloche. Pour elle, je suis censé être dans la douche où l'eau continue toujours de couler.

— Jean-Baptiste ? finit-elle par murmurer, avec son accent russe et son timbre brisé. Je la regarde, désolé. Je m'en veux terriblement, je me sens complice du drame qu'elle a vécu. La robinetterie s'interrompt et mon frère débarque, une serviette saumon autour de la taille. Kristina est totalement déboussolée. Elle le regarde, elle me regarde, elle ne comprend pas. Elle s'est fait escroquer par mon satané de frère, pensant qu'il était moi. D'une voix posée, je lui annonce :

— J'ai oublié de te dire que j'avais un jumeau.

Soudain éprise d'une puissante rage, elle se jette sur moi et me frappe à coup de poing sur le torse. Elle ne me fait pas mal, je la laisse faire, comme si j'avais mérité cela. Léopold regarde l'action, presque amusé. Kristina s'épuise. Je la prends dans mes bras, la serre fort pour la réconforter et je lui murmure :

— Je suis désolé.

À ce moment-là, je sais qu'elle me reconnaît. Au-delà du physique, elle sait. Je sens légèrement son corps se relâcher, j'entends son nez renifler, elle pleure dans mes bras.

Et même si elle me retrouve, il est déjà trop tard, le mal est fait. Kristina s'écarte de moi puis regarde avec un grand mépris et pour la dernière fois Léopold. Peur de lui, elle ne s'approche pas, mais lui montre son visage dur comme la pierre, sa haine. Elle ne pense qu'à une chose : qu'il mémorise son portrait, qu'il vive avec jusqu'à la fin de ses jours, qu'il soit dans le remords et la solitude. Puis, sans un mot, elle prend son sac à main et quitte la Royale. Je l'ai perdue à jamais.

Seul avec mon clone, j'arrive enfin à le voir tel qu'il est, comme si je venais à peine de le rencontrer. Je l'observe, me demandant comment il en est arrivé ainsi. Comment le diable qui l'habite a-t-il pu le laisser s'installer ? Comment moi, j'ai réussi à passer outre ce chemin ? Mon visage froid refroidit le sien. À peine déstabilisé, il essaye de garder ce sourire narquois, comme il sait si bien faire. Satané frère ! Embarrassé par ma présence rigide, il prend sa serviette pour occuper ses mains puis essuie son corps. Mon regard se pose sur son membre, je ne voulais pas ! Déséquilibré, je me retourne sur-le-champ et me voilà face à la glace, à la place de la femme trompée. Léo ne fait pas attention à ma pudeur. Dans le reflet, je le vois s'avancer vers moi tel un félin qui retombe toujours sur ses pattes. Dans mes bottines bleu marine, mes orteils se crispent, je dissimule le feu qui brûle en moi. Dans mon dos, il se colle à moi. Je sens délicatement son arme effleurer ma raie. Je frissonne, il me susurre :

– Je savais que ce n'était pas une fille pour toi.

Enculé ! Dérangé par sa présence dans mon dos, je ferme les yeux. Mon jumeau devine mes désirs malsains. Alors, il se colle à moi, encore plus près. Je sens son pénis monter. Il enroule ses bras sur mon bas ventre. Je caresse sa peau, douce comme la mienne, puis je l'attrape pour qu'il me serre encore plus fort. Léo descend sa main sur mon jean pour y défaire ma braguette. Je jubile sur place, ne contrôlant plus aucun sens. Et là, il me dit :

– Tu veux que je te baise comme je baise mes poupées ?

J'ouvre soudain les yeux, sortant de mon fantasme. Déstabilisé, je cherche à m'esquiver. Quand je me tourne, me voilà piégé face à lui, trop près, à deux doigts de sa bouche. Oh, mon dieu, quel est cet horrible sentiment qui me hante soudainement ? Léo ne voit rien de tout ça et enchaîne avec arrogance :

– Tu veux du champagne ?

– Oui, réponds-je sans trop savoir pourquoi.

Il s'éloigne enfin de moi pour se rapprocher du téléphone fixe. Je me sens tout à coup soulagé, je réussis enfin à reprendre ma respiration.

– Oui allô ? Je veux un magnum ! ordonne-t-il avec insolence.

Malheureusement, la réceptionniste vient gâcher les plans du roi d'Arpajon, j'entends d'ici sa voix résonner dans le combiné :

– Je suis désolée, Monsieur, nous avons un problème avec votre carte de crédit. Veuillez contacter votre banque au plus vite.

– Pardon ? C'est une blague ?

La réceptionniste lui raccroche au nez. Énervé, Léopold jette le combiné contre le miroir qu'il brise et crie :

– La pute !

Vidé, las, je le contemple sans réagir jusqu'à qu'il décolère.

– JB, t'as ta carte ?

Je me suis fait violence pendant des mois et là, sans âme, sans énergie, je me fais un malin plaisir de lui apprendre :

– Papa a flingué vingt millions dans un investissement immobilier. Il a continué à jouer et il a tout perdu. Nous sommes ruinés.

– Tu te fous de moi ? demande-t-il en ricanant.

Je ne réponds pas. Pas un sourire, pas un sourcil qui bouge, je reste là à le regarder. Je suis livide, sans aucune émotion. Plus rien. Puis, je sors mon portable de ma poche et lui jette vulgairement sur le lit.

– C'est un iPhone, ça vaut cher. Profites-en bien, c'est le premier et ce sera le dernier.

– Qu'est-ce que tu me racontes là ?

Léo ne cherche pas à comprendre. Il ne veut pas. Tout lui est dû, il se croit immortel. Mais rien n'est éternel. Rien.

– On n'a plus rien ! crié-je.

Choqué, Léopold s'interrompt. Il est désormais paralysé par cette vérité que j'annonce. Je m'avance ensuite vers la porte, mais juste avant de partir, je lui demande une dernière chose :

– T'as payé la suite ?

– Non...

– Je te laisse faire la plonge.

Et c'est ainsi que je le quitte, avec cette satisfaction. Je le laisse au huitième étage de ce nouvel hôtel. À lui de profiter de la vue et des quatre étoiles pour la dernière fois, car aujourd'hui, les d'Arpajon ont perdu leur titre de noblesse.

On ne se souviendra pas de nous comme nos ancêtres. Non. On sera dans les mémoires comme les garçons qui ont sali leur nom. On sera marqués sur le marbre comme les célèbres prostitués de Paris.

L'enfer commence ici.

10

LADY BANKER

LÉOPOLD

Page 28, journal de Léopold.
– Monsieur Léopold d'Arpajon est à l'accueil. Mmm… Mmm… Mmm…

Dans le hall de ma banque privée, tout est propre, à sa place, épuré. Un fauteuil pour un seul client à la fois, un comptoir et un ascenseur métallisé. Rien de plus, rien de moins, je suis seul. Les murs sont en marbre noir, le sol est en marbre noir, le comptoir est en marbre noir et la réceptionniste est de marbre, noire. Les yeux globuleux, une tête de grenouille, elle me regarde de temps à autre avec un air hypocrite comme si tout allait bien – mais rien ne va. Entre deux «Mmm…», elle prend des notes que je n'arrive pas à lire. Elle dissimule son carnet sous le comptoir. Sur ce dernier, il y a une boîte de chocolats noirs bien disposés pour les clients. J'en suis! Alors pour l'agacer, je les mange grossièrement un à un en les mâchouillant bruyamment, la bouche bien ouverte; je bave même. Elle rapproche alors le combiné de sa bouche et chuchote:

– Il est en train de manger tous les chocolats! Mmm… Très bien.

Ravie, madame la Grenouille noire raccroche et m'offre un large sourire bright qui m'agresse comme un flash trop fort. Sournoise, elle se lève de son siège pour me confisquer la boîte et me dit, articulant comme si j'étais un pauvre demeuré:

– Quelqu'un va vous recevoir, Monsieur d'Arpajon.
– Qui? Madame Thomas? Je veux parler à madame Thomas. C'est elle qui s'occupe de moi d'habitude.
– On vous attend à l'étage s'il vous plaît.

Sans plus d'explication, elle s'éloigne avec ses chocolats comme une gosse à qui on aurait volé son goûter.

Dans l'antre de la bête, je pénètre dans le bureau sombre de Danielle Thomas, mais suis accueilli par une autre femme: Madame Leroy, quarante ans. Contrarié de ne pas voir celle que j'avais réclamée, je m'installe en silence. La banquière s'avance jovialement vers moi, tentant d'apaiser les maux par sa douce attitude. Poliment, elle me serre tendrement la main. De l'autre, parfaitement manucurée, elle se caresse le cou. Ce geste la trahit. Quand j'entre dans une pièce, les femmes matures portent ce regard sur moi. Je le sais. Je choisis d'ignorer. La remplaçante fait le tour du bureau pour s'asseoir à son siège. L'espace n'a pas changé, toujours bien rangé, impeccable, mais davantage personnalisé. Il y a des cadres photo sur le plan de travail. Danielle Thomas n'en avait pas.

Ma banquière était une femme sans attache, aucune famille, ni mari, elle gérait notre patrimoine de près, très près. Je l'ai croisé petit, adolescent puis adulte et, j'ai vu son regard sur moi changer, devenir ce regard qu'elles ont toutes. Je voyais clair dans son petit jeu à la con. Mais, je l'ai toujours trouvée très moche. Je suis Ignore. Je suis le salaud de ces dames, le refus ou l'abus. Elle, Danielle cupide, orpheline de la vie, ne rêvait que d'argent, de pouvoir – et de moi. C'était flagrant. Ignore. Alors durant toutes ces années, elle a cherché à dompter notre père trop fragile, l'amadouant dans le but de lui voler jusqu'au moindre sou. Je n'ai jamais aimé cette femme, mais son absence ne me rassure pas pour autant.

— Madame Thomas ne travaille plus ici. Je suis sa remplaçante, se présente ainsi Madame Leroy, femme simple, apprêtée, sans l'ombre d'une fourberie.

— Vous pouvez me dire ce qui se passe avec mon compte ? demandé-je, l'air désespéré.

Embarrassée, Madame Leroy pianote sur son ordinateur puis m'annonce :

— Il vous reste mille huit cents euros, Monsieur d'Arpajon, me dit chaleureusement ma nouvelle banquière.

Mille huit cents euros, ça sonnait pauvre. Je ricane, pensant que tout ceci est une mauvaise blague.

— Pourriez-vous faire un virement du compte de mon père à…

D'une aimable gentillesse et avec un certain tact, Madame Leroy m'interrompt.

– Monsieur. Mille huit cents euros correspond à la somme totale présente sur les comptes de votre famille, y compris ceux de votre père et votre frère.

Perdu, je retiens mes larmes, mon monde s'écroule. Je ne comprends pas ce qui se passe, non.

– Je peux quand même retirer de l'argent ?

– Pas avec votre carte de crédit. Elle ne correspond plus à votre... situation. Peut-être pourriez-vous vous renseigner auprès d'une autre banque...

– Pour quoi faire ?

À cet instant, Madame Leroy m'invite gentiment à prendre la sortie. Je ne suis plus de standing pour l'établissement, je dois me tourner vers une banque plus populaire, celle des petites gens. Madame Leroy écourte rapidement notre entretien, se levant de sa chaise et me tendant la main en guise d'un adieu.

– Je vous souhaite une très bonne continuation, Monsieur ; et surtout, n'hésitez pas à revenir vers moi si jamais les choses devaient s'arranger.

« Connasse ! », pensé-je si fort. Sans la remercier, sans la moindre politesse, emporté par la douleur, je quitte ce bureau.

Je passe par le hall. Comme une envie de douce vengeance contre tout, je chaparde d'un geste la boîte de chocolat remise à sa place et je trace. La réceptionniste se lève subitement de sa chaise, outrée :

– Monsieur ! Monsieur d'Arpajon revenez ! crie-t-elle avec une voix haute perchée.

Non, madame la Grenouille, je ne reviendrai pas. Je suis déjà loin, engloutissant le reste des chocolats pour noyer mon chagrin.

Page 52, trois ans s'envolent comme un long hiver acoustique.

Page 68, Raphaël, Jean-Baptiste et moi prenons notre indépendance. Nous nous installons dans notre garçonnière au bord de la seine, face à l'île Thalie.

Page, 103, je me suis donné une nouvelle éducation, un sens à ma vie autre que l'argent. Huit heures : métro, footing, direction l'appartement de Papa. Trempé de sueur, j'entre, accueilli par Juliette qui m'a préparé le petit déjeuner. Ici, tout a changé. Nous avons mal surmonté les problèmes financiers. La crise est passée, les factures et les dettes se sont accumulées, puis les huissiers ont débarqué pour tout prendre. Nos œuvres d'art, nos jouets d'enfant, les rideaux de notre maman, ils n'ont laissé que le strict minimum : lit, table et chaise.

Après ma tartine de confiture de fraise, confectionnée avec amour par Juliette, je vais m'occuper de Papa, à présent en stade avancé d'Alzheimer. Le voir ainsi si impuissant, il n'y a aucun mot qui peut décrire ma peine. Je ne voulais pas le mettre en maison de repos. D'abord, nous n'en avons pas les moyens, ensuite, il est mieux avec nous, je le sais. J'ai appris à mettre de côté mes problèmes et quand j'entre dans le salon où il est attaché à sa souffrance, je dois être fort, je dois sourire. Parfois, j'ai l'impression qu'il me reconnaît. Parfois son visage s'illumine quand il me voit. Parfois, il m'appelle Léopold. Parfois il me dit « Au revoir jeune homme. Ravi d'avoir fait votre connaissance». Je lui donne la becquée puis on met écharpe et bonnet pour aller nous promener au parc Monceau. Au milieu de la verdure, je le laisse vivre. Parce qu'il est vivant. Et même si le ciel de Paris pleure sans cesse, il est heureux, courant après les pigeons tel un enfant. Je le regarde faire, assis sur ce banc vert, je souris, je fume une cigarette, encore une autre, j'écoute une douce musique nostalgique, guitare, voix fragile et timbre brûlant, je suis en paix.

Ce jour-là, Papa s'assoit à côté de moi et me dit :
– La bonne m'a volé mes cookies.
– Papa! Elle s'appelle Juliette et...
– Je veux mes cookies! râle Charles.
– Je t'en achèterai d'autres.
– Non, je veux les miens.
– OK, je te retrouverai tes cookies.

Et il sourit. Si crédule, il se penche vers mon oreille et me chuchote :

Je t'en donnerai un.

Je prends une douche chez Papa. Les champignons se sont installés sur les jointures des carreaux. Juliette, désormais seule domestique en ces lieux, délaisse un peu le ménage, elle est fatiguée. Si elle reste fidèle aux d'Arpajon, c'est par amour. Sans famille, sans progéniture, elle n'a pas d'autre endroit où aller, pas de maison. J'ai beau lui dire qu'elle peut reconstruire sa vie ailleurs, elle ne veut pas m'entendre et me répète sans cesse «Une femme de mon âge n'a plus d'avenir dans cette société!». Qu'il en soit ainsi, je la laisse me faire croire qu'elle est une victime. La vérité, elle ne me la confiera jamais – mais je la connais.

Elle ne me dira pas qu'elle est à fleur de peau, elle ne prendra jamais le titre de ma mère, elle n'abandonnera en aucun cas sa famille de cœur.

Je sors de ma douche bouillante, l'aération est bouchée, la salle de bain est un sauna, il y a de la buée sur les vitres et le bois gonflé des fenêtres s'effrite. Tous les jours, je nettoie un peu plus cette crasse qui s'est incrustée, je récure mon âme pour qu'elle soit un peu moins noire. Seul, à genoux, je brosse la salle de bain, frottant sans cesse, encore et encore, dans le but de retrouver la fraîcheur d'antan.

J'entre dans ma chambre d'enfant, vide. Il reste encore nos lits jumeaux, la tapisserie enfantine qui se décolle et sur laquelle restent accrochées quelques photos de mon frère et moi. Je m'allonge et contemple le plumard vide de JB. Notre proximité qu'on avait enfant me manque. Mais il est ainsi, nous sommes adultes à présent.

Jean-Baptiste ne fait pas les mêmes efforts que moi. Pensant être le fils mal aimé, il en veut à notre père. Alors il évite les visites de courtoisie et il ne voit pas ce que je vois. Il continue de vivre dans l'ignorance, bienheureux. Moi, je veille sur Juliette et mon père, je tâche de prendre soin d'eux, tant bien que mal… Ils sont ma priorité, ma seule raison d'exister. C'est eux avant moi désormais.

Avant d'aller au travail, je donne à Juliette de l'argent de poche – la moitié de mon salaire. Je ne contrôle pas où vont les billets, j'ai une confiance aveugle en elle. Malheureusement, j'ai encore beaucoup à apprendre de la vie. J'apprendrai plus tard que lorsque je quitte le «Croissant d'argent», le vrai visage de ma chère nurse se révèle. Oui, sous ses airs romanesques, la nany décolorée cache bien son jeu. Sous son lit, elle dissimule les cadeaux qu'elle s'est offerts avec ma paye. Hier, elle s'est acheté une nouvelle paire de chaussures, aujourd'hui ce sera une écharpe en renard pendant que papa meurt à petit feu...

Onze heures, le Galantin, me voilà toujours à hanter les couloirs de l'hôtel. Non pas en tant que client, mais comme majordome. Du haut de mon costume, je dépoussière les meubles à l'aide d'un plumeau ridicule, je porte les valises de la clientèle, je gagne des pourboires et j'apporte le déjeuner dans les chambres. Mon nœud papillon orange signifie que je suis un garçon à tout faire, un «garçon de chambre» comme ils disent. À la pause, je retrouve mon ami d'enfance et collègue Raphaël. On mange devant la boulangerie du coin. Ma vie me semble plutôt simple. Je pense que je suis heureux.

Malgré sa très bonne réputation et ses quatre étoiles, l'hôtel a connu la crise financière et remonte tout doucement la pente grâce à une personne, une mystérieuse femme au physique démesuré dont on parle souvent, mais que je n'ai jamais eu l'occasion de croiser.

Dix-huit heures, derniers services de la journée, j'entre dans la Royale, la suite que je pouvais m'offrir auparavant. Il n'y a personne, je suis seul.

– Madame ? appelé-je pour vérifier.

Aucune réponse. Je fais alors mon travail et dispose soigneusement sur la table une bouteille de champagne dans un saut à glaçon puis un coffret Ladurée duquel je sors les macarons avec délicatesse. Il a été demandé de les poser sur de la dentelle en forme de petit cœur cucu la praline. Ça, c'est bien un truc de bourgeoise chieuse.

Soudain, j'entends un bruit dans mon dos : la cliente. Je me retourne, et suis presque horrifié de découvrir son visage : Danielle Thomas ! Alors que certains tombent dans les limbes désargentés, d'autres gravitent les échelons et gagnent une mystérieuse fortune... Je retrouve ma banquière métamorphosée. Elle s'est fait remonter les pommettes, amincir le nez, gonfler les lèvres, les seins, quelques injections de botox, un peu modelé la forme du visage, ses cheveux fins auburn sont enfin coiffés, bouclés et crêpés comme dans les années quatre-vingt. Elle se dresse devant moi, dans une robe de soie beige, visiblement convaincue qu'elle est maintenant la plus belle. Pourtant, malgré toutes ces retouches, je ne vois qu'une femme monstrueuse, bien plus que je ne l'imaginais. Une femme sans âge ni âme.

La sorcière me regarde avec cette grande fierté puante, cette satisfaction d'avoir réussi par je ne sais quel sortilège. Et moi, je suis désormais un balai. Malgré cette forte personnalité, je ne me laisse pas impressionner, j'intériorise ma hargne. Il faut que je garde ma force pour mon père.

– Votre goûter est servi, madame Thomas, dis-je froidement.

Mais je fais une grave erreur : la nommer. Elle sourit, heureuse que je me souvienne de son nom.

« Ne dis plus rien, contrôle-toi Léo », dirait mon père. Agacée que je ne réplique pas, Danielle cherche le conflit. De sa place, elle me regarde de haut en bas avec mépris.

– Qu'est-ce que tu attends ? Tu peux t' casser, crache-t-elle d'un air si vulgaire.

– Dois-je mettre le pourboire sur la carte bleue madame ?

Danielle explose de rire, me montrant les carries de sa dentition.

– Ah c'est donc ça... Tu as besoin d'argent. Pauvre garçon, tu as toujours été insolent. Qu'est-ce que ça fait maintenant d'être un moins que rien ?

Je ne réponds pas. *Reste calme Léo, contrôle !*

Face à mon silence, la sorcière soupire et se dirige vers son sac à main Chanel pour en sortir un billet de cent euros. Je ne comprends pas immédiatement que c'est mon pourboire. Avec un air coquin, féline, elle s'avance vers moi et me tend le billet vert. Je n'en crois pas mes yeux et je faiblis, tendant la main pour m'en saisir. Joueuse, Danielle se rétracte, gardant l'argent en main.

– Tu en veux plus ?

Je reprends le contrôle, serrant les dents. Puis, poliment, je m'adresse à elle :

– Que puis-je faire pour vous servir, madame ?

Danielle défait alors sensuellement le nœud de la ceinture qui ferme sa robe de soie. Avec légèreté, l'habit scintillant tombe au sol. Nue face à moi, mon cœur s'arrête de battre, mon membre prend le contrôle. Je suis définitivement attiré par cette paire de seins volumineux. Puis, je suis déconcentré par l'air jubilatoire qu'affiche la sorcière. C'est bien ça. Depuis toujours Danielle ne pense qu'à une chose, me conquérir. Ça ne s'arrêtera donc jamais ! Je suis l'enfant né dans la jungle, le gibier des animaux sauvages, des femmes. Je pense à Kristina et je ne dois pas redevenir la bête que j'étais.

Je me ressaisis. Classe et raffiné, je m'adresse à elle :
— Je vous souhaite une bonne fin de journée, madame.

Mais Danielle n'apprécie guère d'être plantée là, sans avoir ce qu'elle veut. Elle observe alors la table où j'ai précédemment disposé les macarons. Mon départ est interrompu par sa colère.
— C'est quoi ça ? J'ai pas demandé ça !

Je suis consterné devant le spectacle de Danielle qui balaie tous les macarons au sol, en proie à une crise rage.
— Je voulais le coffret Napoléon III, pistache et fleur d'oranger !

Le coffret que j'avais livré est le Napoléon II, rose et réglisse. Embarrassé, je ne sais que faire ou quoi répondre pour la satisfaire. Toujours nue, elle se calme magistralement et s'installe sur la table, croisant ses jambes. Je ne vois plus son sexe poilu. Là, elle se sert une coupe de champagne :
— Ramasse ! ordonne-t-elle d'un ton péremptoire.

Tenant à mon emploi, je dois être la bête docile qu'elle invoque. Alors, je me mets à genoux pour ramasser le goûter à deux cent euros. Au-dessus de moi, Danielle renverse volontairement sa flûte sur ma tête, puis le contenu du saut à glaçons. Elle rigole comme une folle. Je suis à taire et à terre.

Dernier macaron recueilli, je peux enfin quitter les lieux.
— Tu sais où me trouver... dit-elle, convaincue que je changerai d'avis.

Faire l'amour pour un pourboire ? Impensable !

Le soir venu, je rends visite à mon frère sur son lieu de travail. Pour payer ses études, il est serveur au bar 102 de Montmartre. Peut-être que je viens chercher du réconfort ? Peut-être veux-je simplement rentrer avec lui ? Me balader, parler de tout et de rien, comme deux frères normaux le font. Peut-être suis-je malheureux ?

Quand j'entre dans le bar, je découvre une ambiance festive, en décalé avec mon humeur, j'en suffoquerai presque. La musique à fond, brouhaha, lumière stroboscopique, clients qui gigotent dans tous les sens ; une beuverie rock-irlandaise !

Sur le passage, un homme me renverse sa bière sur mes chaussures de Galantin. Je me crispe, je suis sale. Je me contrôle pour ne pas me nettoyer à la vue de tous. J'évacue mon stress et je cherche mon frère, je ne le trouve pas. Normal, il n'est pas en train de travailler, mais à la place du client, accoudé au bar, en pleine cuite. Je vole le tabouret d'un homme, trop alcoolisé pour s'en rendre compte, puis je m'installe à côté de Jean-Baptiste, absorbé par sa conversation voisine. Il finit par se tourner vers moi. Je sens son haleine puante et je recule légèrement.

– Hey mon frère ! s'exclame JB fièrement. T'as vu ? Je suis bourré. Je suis désolé. Vas-y, c'est le moment de me faire la morale.

Je suis contrarié. *Contrôle-toi Léo… Grrr !!! Ton frère ne va pas bien.*

Alors que j'essaye de remonter la pente, de sauver ce qui reste de notre famille, mon bis se démolit lentement.

— T'es pas censé être de l'autre côté du bar? lui dis-je, légèrement agacé.

— J'ai raté mon année. Mais t'inquiète pas, je m'en fous. Ça me plaisait plus de toute façon. Je vais arrêter de travailler dans ce bordel. Il faut que je trouve un vrai boulot à plein temps, tu vois. D'ailleurs, y'a pas une place pour moi dans ton hôtel?

JB s'apprête à reprendre une gorgée de sa bière, mais je la lui vole des mains pour la finir d'un coup sec. Mon ombre rit comme un abruti.

— Alors toi t'es un homme, un vrai !

Je pose franchement la bière sur le bar, le regarde droit dans les yeux essayant d'être juste et autoritaire.

— Tu n'iras pas travailler au Galantin. Tu vas reprendre ton année et...

— Non, ronchonne-t-il comme un sale gosse.

Je ne sais plus quoi lui dire pour le conduire dans le droit chemin. J'essaye alors d'être plus sentimental:

— Pense à maman... À quel point elle sera fière de toi quand tu seras gynéco.

— Je suis sûr qu'elle n'admire que toi, de là où elle est. Toi, toi, ça a toujours été toi le meilleur, le fils chéri. Depuis ta naissance c'est comme ça. Et moi... Je suis le jumeau raté.

Je serre les dents. Il a raison oui, nous n'avons pas été éduqués sur un même pied d'égalité. Depuis ma tendre enfance, on me répète que c'est moi le chef de famille. Et, ce que JB ne comprend pas, parce qu'il ne l'a jamais vu, c'est les baffes de Tatie Rosie, les leçons de morales de

Juliette, c'est l'amour que Papa lui porte malgré tout. Jean-Baptiste, c'est le garçon sensible, le petit sucre qu'il ne faut pas toucher.

— JB, ouvre les yeux ! dis-je, sévère.

Et, sur ces paroles, je quitte brutalement mon tabouret. Choqué, mon frère crie à travers le bar :

— C'est comme ça que tu consoles ton frère ?

Feu, cigarette, je te fume. Je fuis le bar 102. Dans la rue, sous les lumières aphrodisiaques des phares, Jean-Baptiste me court après.

— Léo !

On s'arrête devant la devanture d'une boutique abandonnée. Je me retourne, mon index pointé fermement vers lui, dressé comme une arme. Je craque :

— Bois un verre d'eau et va bosser ! Ton année, tu l'as loupée, ok. Qu'est-ce tu veux que je te dise ?

Excédé, je gifle violemment mon frère. La claque qu'il n'a jamais reçue. Celle qui lui manque pour avancer.

— Oui, t'es qu'une merde mon frère, t'as pas assuré, enchaîné-je. T'es le jumeau raté, c'est ça qu' tu veux entendre ? OK, c'est la vérité, mais maintenant reprends-toi et donne-toi les moyens de réussir.

J'ai mal au ventre tellement c'est dur d'être un tyran. Mon clone chiale comme un môme devant moi, mais je dois rester fort, ne pas lui montrer une once de faiblesse.

— Tu comprends pas ? me dit-il. J'y arrive plus. Le matin quand j'arrive en cours je suis défoncé par le taff. Je n' peux pas être derrière le bar et les bouquins en même temps. C'est pas possible !

– T'as raison, ouais. Y'a aucune chance que maman t'admire un jour.

Sur cette froideur, je l'abandonne.

– Enculé! crie JB avec cette voix saoule et éraillée.

Je ne me retourne pas. J'ai été très dur avec mon frère, mais je ne suis pas un enculé. Non. Je l'ai aidé, mais il ne sait pas à quel point... Je l'aime.

Suite Royale, un samedi comme un autre, moi, mon nœud papillon orange et mon plateau entrons d'un pas décidé. Il n'y a personne dans le salon. J'avance dans la chambre bleue et trouve madame Thomas affalée sur le lit, les jambes écartées, toujours avec sa robe de soie beige. Je m'avance avec prudence, elle ne bouge pas d'un poil. Les yeux révulsés, elle semble sans vie, morte.

– Madame? m'inquiété-je.

– Chut, je fais la morte, me dit-elle sans bouger de position. Cette femme est définitivement la définition même de la folie.

– Madame, la maison vous offre le champagne.

– En quel honneur?

– Pour commencer: pour vous remercier de votre fidélité.

Elle se redresse, joyeuse.

– Et?

– J'espérais rattraper mon erreur, lui dis-je, à peine sûr de moi.

Car j'ai changé d'avis, je suis entré avec une seule idée en tête, gagner mon pourboire. Mon père en a besoin, mon frère aussi. Danielle m'offre un sourire malsain et inquiétant. Depuis tout ce temps qu'elle me convoite, elle sent à cet instant précis qu'elle m'a gagné. Elle est la drogue que je ne dois surtout pas toucher. Douce euphorie, elle tapote ses deux mains comme pour s'applaudir. Brusquement, elle s'interrompt et change radicalement de visage, telle une tragédienne. Elle se met debout sur son lit et me regarde de haut.

– Ouvre le champagne, m'ordonne-t-elle.

Je m'exécute. Après quoi, elle m'arrache la bouteille des mains pour la boire. Sa descente est à faire peur. Elle s'arrête, me rote à la figure et crie de jouissance !

– Oui, oui oui ! s'exclame-t-elle tout en sautant sur son lit.

Drama Queen, elle perd à nouveau sa joie et me regarde tristement.

– Je vais pouvoir faire ce que je veux de toi ? s'inquiète-t-elle.

Que dis-je, elle pleure pour de vrai ! Elle est folle…

– Heu… oui.

Elle rit aux éclats, regardant le ciel comme si Dieu était son complice et qu'il se tordait de rire également.

– Je veux des Dragibus. Tu as des Dragibus ?

– Pardon ? m'étonné-je.

Je ne comprends pas du tout où elle voulait en venir. Je ne vais pas tarder à le découvrir…

Mon premier service est alors de lui apporter en grande quantité ces bonbons ronds et de toutes les couleurs. Une fois revenu dans la chambre, Danielle s'empare des sucreries, déchire enragée tous les sachets puis les jette grossièrement à terre.

– Ramasse et trie-les par couleur, m'ordonne-t-elle.

Me voilà à nouveau à genoux, ridiculisé par mon ex-banquière. Musique à fond, elle danse nue dans la suite, juchée sur des talons aiguilles rouges. Talons qu'elle plante de temps à autre sur mes mains. Je souffre, mais je n'ai pas le droit de fléchir. Tyrannique, son plaisir personnel est de me voir en baver et soumis à souhait.

Il me faut six heures pour ramasser les Dragibus et les trier; je gagne neuf cents euros! Seulement, je n'ai pas la sensation de m'être prostitué pour ça. Je ne suis qu'un simple serviteur accomplissant les désirs d'une Galantine. J'ai gagné un gros pourboire, c'est vrai, mais ce n'est pas un salaire. Je ne suis pas un Gigolo, je suis un garçon de chambre. J'avoue que cet argent gagné facilement me rend heureux. Non pas pour moi, mais j'ai ce plaisir de le partager avec mon frère et Juliette. À ce moment-là de ma vie, j'ai l'impression d'être utile. La direction du Galantin eut vent de mes exploits dans la suite Royale. Danielle Thomas étant la reine de l'hôtel, on m'encourage alors à récidiver...

Dix-huit heures, suite Royale, j'exécute une nouvelle demande de Madame: gonfler des ballons puis les éclater un à un pendant que la folle du Galantin se masturbe sur le matelas; mille euros.

Les services se multiplient et les sommes augmentent. Je ne fais jamais l'amour avec elle. J'exécute sa mise en scène, ses fantasmes farfelus. Je suis son sextoy. Je gagne de l'argent pour les soins de mon père, je gagne de l'argent pour payer les études de mon frère. Jean-Baptiste peut ainsi abandonner son mi-temps pour se consacrer intégralement à ses études. Je veux qu'il réussisse là où moi j'ai échoué.

Royale bonsoir, nos rendez-vous sont de plus en plus tard. J'entre en costume du Galantin, sans aucune fierté, pour lécher les pieds de madame Thomas. Non, je n'ai pas la sensation de faire quelque chose d'ignoble. Je ne suis qu'un serviteur, un employé de l'hôtel. Je gagne un salaire, de gros pourboires, je reverse tout à Jean-Baptiste et Juliette. Papa je t'aime.

Juin, juillet, je délaisse petit à petit mon nœud papillon orange pour me présenter à Danielle dans les costumes qu'elle m'impose. Je passe l'aspirateur en tutu, je nettoie les fenêtres en costume de Bunny avec de grandes oreilles de lapin. Je ne la touche pas, je suis son esclave. Je suis la robe de la folle, elle me porte à sa guise, elle me jette quand je suis sale, elle me lave puis me remet et on recommence sans fin. Elle me paye. Je donne mon argent à ma famille. Je n'ai pas le temps de sentir les billets. Contre toute attente, moi qui étais si cupide, j'ai appris à me satisfaire de peu, du strict minimum pour survivre dans la jungle.

Je pleure intérieurement, je me voile la face sur ce que je fais, ce que je suis, ça n'a pas de nom. Je n'en parle à personne, je me cache. Le matin, je remets mon costume du Galantin, je croise Raphaël et je lui mens. Je mens à mon frère, à ma nurse, j'apprends à romancer aisément. Je souris, la vie est belle. Puis le soir venu, je recommence. Comme dans un train en marche, je ne peux m'arrêter, obsédé par une chose : elle. L'argent de Danielle n'est que matériel. Juliette, Jean-Baptiste, tenez mon argent, je n'en veux pas. La sorcière si moche a réussi à me rendre fou. Elle révèle en moi une certaine addiction. C'est alors que je comprends avoir toujours été dépendant, non pas du luxe, mais, de la luxure.

Août, elle continue de m'anéantir. Un vendredi à trente degrés à l'ombre, elle accroche des chaînes aux tringles des rideaux, me menotte avec et me laisse nu, les bras ballants, et les genoux au sol. Je dois la regarder faire l'amour avec un autre – la licorne noire. Car Danielle a commandé un nouveau jouet sur internet; le Colombien tatoué d'une licorne, Tanguy.

Danielle est allongée sur le lit, déjà dénudée, prête à le recevoir. De son long index satanique, elle tapote l'enveloppe déposée au préalable sur le chevet. Le jeune escort s'installe au bord du lit, dos à elle et s'accapare de son dû; il compte l'argent. Puis, sans émotion, il le range précieusement dans son jean. J'en déduis que la somme lui convient. Sans aucune émotion, le latino se déshabille devant moi, toujours attaché à la tringle du rideau. Enfin, il grimpe sur le lit et fait l'amour à la sorcière de manière mécanique. Elle semble apprécier, lui tirant ses cheveux tout en les décoiffant. Je les regarde, je ne peux participer, je ne peux me masturber, je ne peux rien faire à part être fou. Ligoté, j'abime mes poignets, je frotte mes genoux sur le parquet. Je suis en sang, en rage.

Les chevilles du mur s'abiment, des miettes de plâtre tombent sur moi. Derrière moi, la chaleur d'été traverse les fenêtres et brule mon dos. Mes ailes sont en cendres, mortes. J'entends le rire de Kristina qui me hante, elle se moque de moi. Sa voix fait écho dans ma tête : « Tu récoltes ce que tu as semé ». Toutes les nuits, elle m'apparait, me pourchasse, et tous les matins je me lève avec ce poids, ce souvenir de cette abjecte créature que j'étais avec de l'argent en poche. J'avais les femmes, j'étais à l'abri du besoin, je pensais que j'étais un roi. Kristina m'a changé à tout jamais. Mais le regard que posent les femmes sur moi n'a pas changé…

Après avoir joui, Danielle ordonne à l'escort de me libérer. Toujours silencieux, le garçon décoiffé s'exécute sans émoi, puis va se réfugier dans la chambre de bain. Resté seul face à ma maîtresse, je me prosterne devant elle, comme elle l'a prévu. Je suis réduit à néant, victime du syndrome de Stockholm et je la supplie de me montrer de l'affection. Tel un chien assoiffé, je veux faire l'amour. Danielle me regarde, fière de ce qu'elle a accompli puis m'offre une caresse tendre.

— Bon chien. Va te laver.

Je m'incline. Sous ses ordres, je retrouve le Colombien dans la chambre de bain.

Le garçon est en train de remodeler sa mèche. Sa trousse de toilette est aussi bordélique qu'un sac de fille. Timidement, je m'avance vers le second lavabo, l'ampoule au-dessus de moi est grillée. Je regarde le garçon, je cherche un contact humain :

— Comment tu t'appelles ?

— Tanguy.

Je ris nerveusement à cause de son accent charmant. Est-ce la fatigue ?

— Tou a un problème ?, rétorque-t-il.

— Je peux t'appeler Licorne ?

– No! s'indigne-t-il.

Je n'arrive même pas à le faire rire.

– Licorne, répété-je. Avec ta mèche, ça te va bien.

– Tou peux aussi te taire et arrêter de penser que tou est mon ami. C'est pas parce qu'on fait le même métier que je suis comme toi.

– Oh… Heu… Je ne suis pas escort.

Il libère un petit rire moqueur. Déstabilisé, j'ajoute :

– Et puis bon… « escort » n'est pas un métier. Tu fais autre chose à côté ?

– Non, répond froidement Tanguy.

Je l'observe ensuite avec admiration. Sa mèche n'est pas encore parfaite et il persiste à la modeler. Quand son regard croise le mien, il s'interrompt subitement.

– Tou peux arrêter de faire tes yeux de chien battou, dit-il, agacé.

Puis il s'attarde un instant sur moi et pris d'une compassion, vient à ma rencontre et me conseille :

– Si tou continues comme ça, tou vas te faire bouffer par elle. Il faut que tou apprennes à te respecter et elle respectera toi.

– Merci pour ton conseil, mais je ne suis pas comme toi.

Tanguy sort un produit de sa trousse de beauté. Il s'empare de mes poignets et me passe la crème à la saveur abricot. Tout doucement, il me masse les mains puis remonte sur mes avant-bras. Gentiment, il commence à se confier.

– Tou vois… Je me considère comme une voiture, une belle voiture, ou… une paire d'escarpins. Les hommes respectent leur voiture et les femmes, leurs chaussures, mais personne ne respecte une traînée... La chair est faible. Si tou veux durer et gagner de l'argent, prends de la valeur. Ce n'est pas l'Homme qui est important, mais ce qu'il entreprend.

Je suis abasourdi par autant de maturité chez un garçon si jeune. J'imagine qu'il a dû en baver pour en arriver là. Je relativise ainsi. La licorne finit de me soigner puis retourne à sa mèche.

– De quoi tu rêves?, lui demandé-je, curieux.

Soudain, son attention est grande et si particulière. Je vois un sentiment naissant, une lumière qui s'éveille dans ses yeux.

– Une maison et une famille, avoue-t-il avec cet accent si charmant.

Je suis sous le choc, ses projets sont simples, mais visiblement pas à la portée de tous. De sa laque, il asperge une dernière fois sa grande mèche. L'odeur du produit me fait penser à Tatie Rosie. Enfin sur le départ, Tanguy m'offre un large sourire :

– Bonne continuation, me dit-il, se révélant bien plus sensible qu'il n'y parait.

Il quitte alors la chambre de bain.

Il y a des gens comme ça, qui passent sur votre chemin pour vous éclairer. Je contemple mon reflet longuement. «Léo, ressaisis-toi!», dirait papa. Tatie Rosie me donnerait une gifle et Juliette me ferait la morale. Il est temps de me relever.

Je retrouve Danielle qui sommeille dans les draps de soie et décide de ne pas me rhabiller, de ne pas repartir. Je ferme les rideaux pour l'empêcher de se réveiller. Puis, je m'allonge à côté d'elle, sans rien réclamer et j'attends. Je peux moisir dans la soie, je patienterai le temps qu'il faut. Je dois renverser les rôles. Dominé, dominant, le fil rouge qui sépare les deux situations est infiniment relié. Nous pouvons être l'un et l'autre ou l'un puis l'autre. Cette position n'est jamais ancrée dans le temps. Mon clone et moi en connaissons un rayon sur ce sujet.

Les jours passent, les nuits se consument, j'attends alors que la faveur se renverse. Que la femme dont la laideur n'a pas de prix me tende la main.

C'est un soir d'automne que ça arrive. Adieu mes trois années d'abstinences, je la pénètre avec passion. À ma grande surprise, son corps réparé par la science est une drogue divine qui se consomme sans modération. Je la fume comme chaque dernière cigarette, mais il y en a toujours une suivante ; c'est une maîtresse exceptionnelle.

Dix-huit heures, rendez-vous dans son nouvel appartement de verre, en haut des tours de la Défense. Je croise les hommes cravates, ceux qui nous contrôlent. Je vole en apesanteur en direction du douzième étage. J'admire un Paris bleuté, je suis au cœur du centre d'affaires, de ces hommes qui ont du fric, j'ai le vertige.

J'entre, Danielle a abandonné sa coiffure auburn désordonnée pour une perruque. En ces lieux épurés, modernes, chics, je retire mon costume anthracite, sa tunique crème, ma cravate moutarde, sa panoplie de colliers de perles. Elle me contrôle en me serrant mon revolver et me le caresse vigoureusement. Je me libère, je l'attaque, mangeant ses seins, je crible sa peau de baisers, je remonte vers le cou la croquant hardiment. Je pousse ses cheveux artificiels. Elle redresse sa tête, la lumière déclinante tombe sur son visage. Tout doucement, je reprends le dessus, mais elle n'est pas docile. Elle m'écarte, faisant sa tragique mijaurée. Danielle s'appuie nue contre la baie vitrée. Je m'avance et monte sur ses pieds, l'écrasant volontairement. Nous abandonnons les préliminaires. Je relève ses bras pour les plaquer contre la vitre du douzième. Puis, je la pénètre sous le regard des hommes cravatés qui nous observent. En ventouse contre le verre, nous sommes au précipice d'une nuit naissante. Je sors et j'entre dans son vagin. Elle frissonne, ses joues sont roses. Fou, enivré de désir, je transpire, vif, je ne peux plus m'arrêter. Mon bassin va et vient, notre souffle s'accélère, je souffre de plaisir.

Après la jouissance, Danielle s'esquive pour se refaire une beauté. Seul, j'observe l'appartement froid et neutre, digne d'une suite du Galantin. Quand soudain, toute mon attention se porte sur des valises Lancel, les siennes. Elles sont là, prêtes à être saisies, comme si leur propriétaire était disposée à se sauver, là, maintenant. Je réalise alors que j'ai toujours vu traîner ses bagages dans la suite Royale… Ma curiosité s'éveille, j'explore les lieux. Il n'y a rien qui fuite, rien de personnel, l'ensemble est hostile et insipide.

Je m'approche de la chambre qui m'est interdite et dans laquelle Danielle s'est renfermée. La porte est légèrement entr'ouverte. Je glisse alors mon œil marron pour l'observer. Ma maîtresse retire sa perruque et la pose sur un mannequin. Avec stupeur, je découvre qu'elle a le crâne rasé ! Comme un amnésique qui se réveille, je me souviens à quel point Danielle était laide et que la beauté de notre relation n'est qu'une illusion ; elle est sexuelle, mécanique, sans but. Je suis un garçon désargenté réduit en cendres par son ancienne banquière. J'ai été lobotomisé. J'ouvre les yeux, je la vois recoiffer sa perruque avec sa brosse en argent. Il y a un arôme qui plane en haut de cette tour de verre, l'odeur du secret, la puanteur d'un effroyable mensonge. Je recule, traînant mes chaussures sur le sol luisant. Dans ma tête, je cours, cherchant en vain à sortir du brouillard. Je suis tétanisé, les poils hérissés, je sens au fond de mon être que quelque chose ne va pas.

Danielle, drogue ingrate, ton aphrodisiaque s'estompe. Je suis le malade qui guérit. La morphine ne fait plus effet et l'angoisse m'envahit, comme une violente dose d'adrénaline. Le mensonge, la manipulation, l'erreur, tout s'emmêle. Sur le bar en brique, son portable traîne... Je m'éloigne de la chambre secrète et je crie :

– Danielle ? Je commande à manger ?
– Sushi ! répond-elle.
– Je n'ai plus de batterie, je peux emprunter ton portable ?

CLICK IT !

De l'air ! Je sors sur le balcon pour m'exiler, j'allume une cigarette. J'aspire, je tente de me relaxer. OK, téléphone, code 02-08 – ma date de naissance, pathétique. Je vais directement sur les derniers appels. Ici, je découvre un numéro familier passé quelques heures auparavant. Je n'arrive pas à mettre un nom sur tous ces chiffres. Je me jette à l'eau, j'appelle. Tonalité, je stresse, je fume, on décroche.

– Allô ?

Paralysé par la voix féminine qui répond, je suis anéanti.

– Allô ? Danielle ? Répète ma nurse Juliette.

Paniqué, j'interromps aussitôt l'appel. Pourquoi sont-elles en contact ? Tout à coup, je ressuscite. Je raccroche les wagons, nous avons perdu notre fortune au même moment où Danielle a gagné la sienne... Mon frère dit que c'est notre père qui a capitulé. Non, ce n'est pas possible. Comment elle, une femme si ingrate, une simple employée de banque, a-t-elle pu devenir aussi riche ? C'est une évidence, même une conviction : Danielle m'a volé ! Et, Juliette ? Quel est son rôle ? M'a-t-elle trahi ?

J'ai beau avoir abandonné le luxe, je n'ai jamais fait le deuil de ma perte. Planant sur les hauteurs du douzième étage, je ne m'énerve pas, je respire l'air pollué, je fume, je pense... Je veux retrouver ce qui m'appartient, c'est mon héritage. Je sors du coma. Une obsession naissante s'empare de moi : me venger.

Le démon naît de mon âme, je porte un nouveau masque. D'un calme olympien, je retrouve Danielle et je joue. J'entre plus que jamais dans sa romance utopique. Ça prendra le temps qu'il faut, mais je trouverai des preuves, je récupérerai mon argent, pour mon père.

Page 127, et puis il y a une suivante, une autre femme, puis une suivante. Mois après mois, j'utilise comme couverture l'activité d'escort boy pour rencontrer de nouvelles femmes. Je ne fais pas les hommes, je ne suis pas homosexuel... Après chaque passe, j'ai pour règle d'or de recevoir leur livre favori en guise d'enveloppe. J'apprends à lire entre les lignes, j'entretiens ma famille. À travers leur littérature, je dessine leurs profils, je les étudie. Je les attire dans mon lit, je leur fais l'amour, je prends leur argent, je cherche des preuves. Qui a fait quoi? Où est mon argent? Danielle n'a pas agi seule.

De retour dans la suite Royale, je m'impose fidèle voyageur et je décore le mur d'un tableau, pour dissimuler un défaut: un trou autrefois fait dans la pierre. L'œuvre accrochée caractérise toute ma vie. Ce sont *les Trois Garces*. Elles sont mes amies d'enfance. Des démons qui ont veillé à mon chevet. Trois araignées dangereuses, laides et délicieuses. Elles m'ont convoité depuis toujours. Elles ont tissé une toile. Petit à petit, elles m'ont charmé. Soigneusement, elles m'ont entraîné dans leur filet, piégé dans la soie. J'ai touché leurs lèvres. Elles ont un goût amer de vérité. Elles seules sont les protagonistes de la chair humaine, sexuelle et charnelle. Elles sont une drogue et je coupable, addict.

Tous les soirs, je fais l'amour devant cette peinture, me rappelant à quel point ces trois femmes ont fait de moi la pute que je suis. Elles m'ont dérobé.

Petit à petit, sous l'œil machiavélique des trois garces, mon activité grandit au Galantin, dont les propriétaires sont conscients que je suis une mine d'or pour leurs affaires. Les bourgeoises se ruent dans le hall, le show est vénéré, je suis l'artiste du couronné cinq étoiles. La noblesse s'installe, les moulures sont recouvertes de dorures, le Galantin est à son apogée et ajoute secrètement son service premium à la carte pour devenir le plus glamour de la capitale.

Dimanche, dix-huit heures, entre deux femmes, je n'oublie jamais la plus importante, celle qui porte aujourd'hui une perruque rouge : Danielle. Toujours être proche de ses ennemis. La vengeance est un plat qui se mange froid. La femme à la chevelure de feu est désormais connue sous le pseudonyme de la Poule Aux Œufs D'or. Elle est immortalisée sur la toile aux couleurs oniriques. Elle est ma première garce.

11
MISTER FREEDOM

GIOVANI

Aujourd'hui.

Sur les sièges arrières d'une BMW, Jean-Baptiste, Raphaël au centre et moi sommes en direction de chez nous. Dehors, il grêle. Dedans, c'est le calme plat. Chacun regarde ailleurs, l'esprit occupé par notre découverte. Dissimulés sous les toits du Galantin, JB et Raph ont découvert l'histoire de Léopold dans son journal intime. Je ne peux pas leur dire que je la connaissais déjà, il y a des secrets qu'ils ne peuvent comprendre. Alors je fais semblant ; Léopold m'a appris à être discret. Les oiseaux se cachent pour mourir, les garçons se cachent pour pleurer. Les beaux yeux bleus de Raphaël sont perdus dans un vide intersidéral. Il semble être le plus touché des deux.

Mister Uber, qui nous conduit, est mal à l'aise dans cette ambiance glaciale. Il allume la radio. Paris, un enfant a disparu, les faits divers sont catastrophiques, le monde se porte mal ; il change de chaîne.

Mon huitième, mon luxe, ô mon beau village aux carrefours fantasmagoriques, aux lumières enivrantes, je te dis à demain. Ce petit hameau bourgeois est ma maison d'adoption, « une gangrène avec ses sombres secrets » comme dirait Léo… il me manque. Je regarde par la fenêtre de jeunes mariés qui s'embrassent, des familles unies, des voyageurs intrépides, des amants d'un Paris érotique, des êtres qui se sont découverts, des femmes qui pleurent, des va-nu-pieds au sol. Lentement, les Champs Élysées disparaissent du paysage. Nous nous éloignons dans un silence ténébreux. J'ai froid.

À l'arrivée, Mister Uber s'adresse à moi, inquiet, :

– Vous avez des nouvelles de Léopold ?

– Non, mais si vous voulez, je peux vous proposer mes services pendant son absence, proposé-je de manière professionnelle.

– C'est gentil, Giovani, dit-il aimablement pour ne pas dire non merci.

– Son jumeau ? offre-je comme un objet sans valeur, désignant JB du menton.

Un tantinet agacé, ce dernier quitte le véhicule tandis que Mister Uber admire plutôt Raphaël, à qui il sourit.

– Non, non. Moi je n' suis pas sur le marché. Bonne soirée ma caille !, dit Raph en tapotant l'épaule d'Uber comme si c'était son pote.

Le chauffeur me regarde avec un grand sourire et me dit :
— Je l'aime bien, lui.

Je crois que c'est peine perdue, mais je n'ose lui dire. Alors, je lui offre un sourire ravageur et mes yeux de biche. J'espère en profiter pour le gagner, Uber est un bon client.

En entrant dans la garçonnière plongée dans le noir, j'essaie d'allumer la lumière, mais en vain, plus d'électricité. Dans l'obscurité, JB et Raph sont assis, dépités. Tout à coup, le jumeau bis éclate de rire ; c'est nerveux. Je ne comprends pas, mais je ne sais pourquoi, il m'emporte dans cette douce euphorie, une absurde ironie.

— Qu'est-ce qui vous fait rire ? EDF nous a coupés ! s'exclame Raphaël, en colère.

Mais nos rires ne s'arrêtent point. Bien plus haut, bien fort, bien plus ridicules. Nous sommes des imbéciles insouciants. Nous perdons l'une des choses les plus élémentaires, la lumière, et nous jouissons de conneries. La vérité, c'est qu'il est tellement difficile d'en pleurer, qu'il est plus facile d'en rire. Stupides garçons. À ce moment-là, je m'aperçois que pour la première fois, Jean-Baptiste et moi sommes sur la même longueur d'onde, mais quand il en prend conscience à son tour, il interrompt son rire et me fuit.

Dans sa chambre en chantier, illuminée de mille et une bougies au parfum cuban Mojito, Raphaël est enveloppé dans les draps, en pyjama, pull et bonnet. Il regarde un film depuis son MacBook dernier cri. J'entre, looké à l'identique, enseveli sous trois plaids.

– J'ai froid, murmuré-je comme un bébé.
– Viens, mais ne me touche pas.
Heureux, je saute sur le lit dans ses draps.
– Tu regardes quoi ?
– Le prestige… Tu sais, Léo il me manque à moi aussi, me confie Raph.
– Et s'il était mort ?
– Non, je refuse de penser à ça… Gio… Tu ne voulais pas le tuer JB….
– Je voulais... Je voulais lui faire peur. Je voulais qu'on se réconcilie, lui avoué-je.
– Tu es tellement romantique! dit-il avec ironie. T'es pas si con qu' ça, tu sais !
– Je sais, ouais, affirmé-je, faussement prétentieux.

Mon ami et moi rions. Cela fait si longtemps que le désespoir ne m'a pas habité à ce point et à la fois je me sens si vivant. JB nous interrompt, débarquant en grenouillère et cagoule. Me découvrant, il est embarrassé par ma présence et s'apprête à repartir, mais Raphaël le rattrape en plein vol.

– Viens, couillon…

JB s'installe finalement à l'opposé de moi. Raphaël est ainsi au centre, comme toujours.

– Oh, j'adore ce film ! s'exclame JB en voyant l'écran de l'ordinateur.

Quand soudain, il s'éteint. Face à l'écran noir, on reste tous les trois comme des idiots.

– J'ai plus de batterie, annonce inévitablement Raph.

Que faire, rire ou pleurer ? JB nous révèle alors le dénouement du film :

— Borden a un jumeau qui sacrifie sa vie pour lui.

Un ange passe. On écoute l'eau traverser le plancher et s'écouler dans le seau. Le froid et l'obscurité s'installent. J'entends Raph renifler; il essaye de retenir ses larmes puis il annonce d'une voix d'outre-tombe :

— Jean-Baptiste, je suis passé voir ton père aujourd'hui...

Vexé, le jumeau se redresse, dans l'intention manifeste de déguerpir. Raphaël monte alors au créneau :

— Mais vas-y, disparais ! Fais comme ton frère !

Interrompu, JB ne peut fuir la vérité. Il reste alors là, en pleine réflexion, assis sur le matelas humide, dessinant des formes invisibles sur les draps. La peine le gagne, il libère ses larmes.

— Non, t'as pas l' droit de faire ça, merde. Arrête de pleurer, JB! crie Raphaël, les yeux gorgés d'eau. Pourquoi tu m'as rien dit pour votre famille, JB ?

— On avait honte, Raph !

— Mais honte de quoi ?

— Qu'on soit pauvres, que Papa soit malade et –

Submergé par le chagrin, Raphaël ne se pose plus aucune question et s'élance sans réfléchir sur son ami d'enfance pour le recueillir dans ses bras. Il le serre fort, preuve de son grand amour. Ils pleurent à deux, je les regarde, envieux. Moi, je ne suis que la pièce rapportée, je ne connais pas cet amour réciproque. Discrètement, dans le dos de mon ennemi juré, Raphaël me tend la main pour ne pas que je me sente exclu. Je ne me fais pas désirer, non, j'en ai besoin. Et je me blottis naturellement contre eux.

Joie, peine, nous pleurons ensemble les mêmes choses. Nous le savons, nous sommes trois irréductibles victimes d'un homme qu'on aime tous différemment. Nous sommes à l'image de ses femmes qui le vénèrent. Nous sommes bêtes, des amoureux transis dans la brume luxueuse. Léopold nous manque. Mister Wood au centre ne cesse de nous resserrer toujours plus fort. C'est donc de ça qu'il s'agit. La vérité, elle est là. Sans lui, nous ne sommes rien. C'est notre héros, notre pont, notre alliance, l'anneau inabordable qui nous unit.

La brume ce soir est rose. Rose romantique. Rose fleur. Rose enfant. À côté de notre garçonnière, au bord de l'eau verdâtre, je me réfugie dans la barque qui emmène à l'île Thalie. Je m'allonge, me blottis dans le bois comme un unique fœtus qui cherche du réconfort et de la chaleur; la brise est douce ici. Emmitouflé dans mes plaids, je peux encore apercevoir d'un œil le sombre paysage hivernal. Une silhouette entre dans mon champ de vision: c'est Jean-Baptiste.

– Tu n'as pas de client? demande-t-il, curieux.

– Pas ce soir. Qu'est-ce que tu veux, JB? l'attaqué-je.

– Ce que je veux?... mon frère, avoue-t-il avec sérénité.

Je soupire et regarde un canard traverser la Seine.

– Pourquoi j'ai l'impression que tu en sais plus que tu ne le dis? Giovani... dit-il en détachant les syllabes de mon prénom.

– Pourquoi j'ai l'impression que je n' suis pas le seul à mentir? Jean-Baptiste! j'exagère l'articulation du sien également.

Puis, contre toute attente il grimpe dans ma barque solitaire, faisant tanguer l'embarcation. Fais-moi tanguer Jean-Baptiste.

– Je veux rencontrer la poule.

Je me redresse en pouffant, pensant qu'il est incapable d'assumer un tel rendez-vous.

– Gio, je ne rigole pas.

Il me regarde avec une assurance que je n'ai encore jamais vue chez lui. Ce feu qui l'anime soudainement, je l'ai déjà vu quelque part… Léopold.

– Pourquoi ? lui demandé-je, cherchant à mieux comprendre sa motivation.

– Je ne veux plus avoir froid.

C'est donc bien cela, il veut être escort. Je jubile.

– Giovani, je veux que tu m'inities, reprend-il.

Je savoure ! Une vilaine envie de corruption me rattrape, c'est plus fort que moi, je ne le contrôle pas. Je sors tendrement une cigarette de mon paquet et la place au cœur de mes lèvres pulpeuses. Il m'observe faire, désireux…. Faisant glisser une seconde cigarette de l'étui, je l'offre à mon nouvel élève. Il hésite, puis accepte, croyant braver l'interdit. Quel con ! Je l'allume, je m'allume. Une sensation de victoire m'habite. Je contemple JB consumer sa cigarette comme son dernier instant de liberté.

Découvrez notre prochain livre augmenté dans la Nisha App !

PHOTOTHÈQUE DES VISUELS NISHA APP

DARK SECRETS

EVA DE KERLAN

NISHA
EDITIONS

LIVRE
Appli
Nisha
AUGMENTÉ

Dark Secrets
Eva de Kerlan

Résumé :

Lorsqu'elle reçoit une lettre d'invitation pour le célèbre bal des débutantes, Marina, 22 ans, jeune artiste introvertie, est d'abord tentée de décliner l'invitation. Mais l'idée de devenir une princesse d'un soir est plus que tentante... Propulsée dans un milieu qu'elle ne connaît pas, Marina y fait des premiers pas timides.

Mais la haute société semble cacher bien des secrets... Quelqu'un a déposé dans la chambre
de la jeune femme une plume de cuir porteuse d'un message : « Je t'ai reconnue. » Une mise engarde ?

Entre secrets de famille et faux-semblants, jalousie et mystères, Marina ne pourra-t-elle compter que sur elle-même ? Car Audran, fils d'écrivain célèbre, et le mystérieux Chris ne sont jamais bien loin. Tout comme ce curieux jeune homme qui l'observe sans cesse...

Extrait :

Note personnelle de Dimitri Petry

« Le modernisme et la technologie ont ceci de bien qu'on peut épier même de loin. Les dispositifs de surveillance ne nécessitent plus qu'on reste collé aux appareils, à une proximité dangereuse de la cible. Aujourd'hui, je peux écouter, voir, filmer et photographier depuis mon repaire, à plusieurs kilomètres de leur propriété, sans rien manquer de ce qui s'y passe. Ce que j'apprends me dégoûte chaque jour un peu plus. La fourberie de ces gens est sans limites ! À qui donc est destinée leur mascarade ? Ces fausses hésitations, ces pseudo conflits ? À leur personnel ? À convaincre d'éventuels espions de leur inoffensivité ? Pour ma part, ça ne prend pas ! »

***

J'aime la sensation du vent – cette brise légère que l'on entend avant de sentir ce souffle qui glisse sur la peau et s'approprie vos cheveux, cette douceur, cette fraicheur qui vous enveloppe puis vous délaisse d'un coup. Ici, au bord de l'étang, le vent est plus que jamais omniprésent. Il vient caresser ma joue, soulever ma jupe, désordonner ma coiffure. Il s'enroule autour de mon poignet – pour un peu on dirait qu'il cherche à le guider. Puis il s'apaise, s'éloigne et me laisse œuvrer en toute quiétude.

Je suspends mon geste, le temps de replacer derrière mon oreille une mèche de cheveux qu'il a ramenée devant mes yeux. Puis, j'avance la main, trempant le pinceau dans l'encre de Chine, avant de déposer sur la toile crayonnée un trait fait de pleins et de déliés. Une ombre sombre, tantôt profonde, tantôt éclaircie, apparaît. Je trace ses sœurs, en renforce quelques-unes, allonge une autre avant de changer de pinceau et de peinture.

Le tracé qui s'en vient est plus délicat à effectuer et je m'accorde le temps de le visualiser avant de le créer: il doit être profond sans être noir, proche de mon sujet sans le dissimuler, apporter une touche de mystère sans pour autant effrayer. Voici.

Je pose un regard critique en écartant mon pinceau. Plutôt réussi. Saisissant un chiffon usagé, j'ôte l'excédent de couleur des poils, puis ouvre une fiole. Mon regard se perd un instant dans le brillant de cette peinture scintillante, faite de doré agrémenté de minuscules pépites d'or. Un pigment onéreux, plutôt rare, que je n'utilise qu'avec parcimonie. J'hésite un instant encore et scrute ma toile.

Là, devant moi, un jeune homme mystérieux environné d'ombres tend une main puissante vers une silhouette indistincte. Si l'encre de Chine et le crayon ont apporté forme et relief à mon sujet, il reste cependant impersonnel, sans vie. Résolument, je remplis les poils de mon pinceau de peinture d'or et lui offre un regard brillant. Le voilà qui me contemple, des étincelles dans les yeux, et cette acuité nouvelle lui confère une profondeur qu'il n'avait pas.

J'esquisse un sourire. Il me plait bien, cet homme-là. Pas comme le dernier que j'ai rencontré, trop sûr de lui et de la taille de sa «bête», comme il la nommait! À se vanter sans cesse de ses performances et de ses succès, tant sportifs que... «literie». Je n'avais pipé mot de tout le dîner fastidieux d'où je ne pouvais me sauver. Moi, isolée à un bout de table aux côtés du «galant», nos parents respectifs discutant finance, accords et transports, nous ayant entièrement oubliés et ne nous regardant que pour susurrer des: «Ils s'accordent si bien, quel beau couple ils feraient». Tandis que lui se penchait vers moi pour m'assurer qu'avec lui dans mon lit, je connaîtrais mille et un fantasmes par heure! Écœurant! J'avais piqué du nez dans mon assiette, essayant de me rappeler mon dernier petit ami, Justin, et j'en arrivais presque à reconsidérer les raisons pour lesquelles nous avions rompu, à l'aune du prétendant qui se tenait à mes côtés, quand les desserts arrivèrent. Soulagement! Je m'étais ruée sur les entremets et les avais engloutis voracement! Puis, je m'étais excusée et les avais plantés là, parents, bellâtre et belle-famille potentielle!

Mon père m'avait par la suite sermonnée, se désolant que je n'aie même pas ouvert la bouche plus de dix secondes d'affilée, me reprochant mon attitude déplacée face à ce «si charmant jeune homme» que j'avais évincé sans chercher à connaître! Il avait conclu en souhaitant que mon impertinence ne lui ait pas coûté ce contrat qu'il cherchait tant à conclure, et prié de rapidement trouver à m'excuser.

Il peut toujours courir, songé-je en émergeant de mes pensées. Trois semaines que ce dîner a eu lieu. Trois semaines sans que j'aie de nouvelles de mes parents.

Rien d'extraordinaire…

Étouffant un soupir, je me redresse et repose mon pinceau dans son étui. Le temps d'englober une fois de plus ma composition et ce sujet au regard envoûtant, je m'en détourne pour me noyer dans le bleu sombre de l'étang et le vert tendre de la pelouse alentour. La lumière vive me fait cligner des yeux, et je porte ma main en visière. Un souffle de vent dérive dans le parc, courbant les brins d'herbe et sculptant la surface de l'eau avant de venir à ma rencontre. Je savoure son contact avant de me pencher pour ranger mon matériel. Les fioles et les tubes, refermés retrouvent leur place au fond de leur boîte vernie; les pinceaux regagnent leur écrin de satin, sur le dessus. Et, tout en essuyant mes mains sur mon chiffon, je songe pour la millième fois que, décidément, je devrais poser sur toile ce cadre si plaisant à observer : la longue et vaste pelouse soigneusement entretenue, le bois en périphérie, où au printemps et à l'automne on coupe les arbres vieux ou morts ou tombés, dont on entrepose les bûches pour la froide saison ; l'étang, dans lequel cohabitent carpes, poissons rouges, nénuphars, jacinthes et maintes grenouilles qui laisseront des œufs puis des têtards investir l'endroit ; et enfin, dos à moi, le manoir, avec son escalier de marbre qui dessert une terrasse agrémentée de plusieurs fleurs et arbustes poussant dans de lourds pots, jarres et jardinières en pierre et depuis laquelle on accède directement au grand salon et à la demeure en elle-même.

Oui, ce cadre soigné ferait une bien jolie œuvre... sauf qu'il ne m'attire pas. Des peintures bucoliques, un brin désuètes, mélangeant vieilles pierres et environnement verdoyant, il y en a tant et plus. Et, si j'aime son calme et la sérénité que j'y trouve, je n'éprouve pas plus que cela le désir de le transcrire sur un support...

Non, songé-je encore en me relevant pour replier le plaid sur lequel je m'étais installée. Peindre ces hommes, ces femmes, les silhouettes sorties de mon inconscient, voilà qui est intéressant ! Redonner corps aux rêves, fournir une vivacité à ces regards qui me transpercent quand je dors ; rendre réels ces héros de conte de fées que racontait mon grand-père, quand j'étais plus jeune... ces défis-là ont bien plus de saveur qu'un étang, une vieille maison et une pelouse !

J'étouffe un soupir en déclipsant la toile de son socle en pied. M'en chargeant d'une main, et saisissant boîte et plaid de l'autre, je remonte lentement vers la terrasse.

THE HUNTER

LAURIE PYREN

NISHA
EDITIONS

LIVRE AUGMENTÉ
Appli Nisha

THE HUNTER
Laurie Pyren

Résumé :

Aaron Blake.

Oui, oui, oui, il est beau, avocat, très riche. Sur papier, c'est l'homme parfait. Mais croyez-moi, Aaron Blake est le plus gros sac d'embrouilles qu'il m'ait été donné de croiser !

Dans une vie antérieure, j'ai dû être très très méchante. Genre parrain de la mafia, tueur à gages ou même suppôt de Satan. Sinon, pourquoi le karma s'acharnerait-il sur moi dans cette vie-ci ?

J'allais tranquillement sur mes 30 ans, avec un boulot et des amis sympas. Une vie bien normale pour une fille normale. Jusqu'à ce que je le rencontre, lui.

Je lui ai pourtant dit : « désolée, mais ça va pas être possible. » Mais monsieur doit aimer le défi parce qu'au contraire, il a décidé de se mettre en chasse et de faire de moi sa proie.

Je m'appelle Jen Moran, et ce golden boy va me rendre chèvre !

Extrait :

– Je te hais.

Pour toute réponse, la sale bestiole couine.

– Oui, oui, je te hais. Je sais que tu t'en fiches, mais ça me fait beaucoup de bien de te le dire à voix haute.

Le feu passe au rouge et je freine un peu brutalement en retenant la cage que je transporte sur le siège passager. La petite bête couine de plus belle en tapant des pattes arrière.

– Oups, j'y suis allée un peu fort.

Un coup d'œil vers Gerbi, qui frise l'apoplexie. Une semaine que je garde la gerbille de ma nièce par alliance. La fille du fils de la seconde femme de mon père. Oui, oui, un peu compliqué... Et Henry, mon fameux beau-frère (le fils de la seconde femme, suivez un peu !) n'a rien trouvé de mieux que de me confier la gerbille de sa fille pendant leurs vacances.

Cutie – le vrai nom de la bestiole – et moi nous sommes haïes dès le premier regard. Ou plutôt dès la première morsure qui a eu lieu quelques secondes après que Henry m'ait tendu la cage, hilare. Cet idiot a eu un fou rire pendant que Sarah commentait, inquiète :

– Avec moi, elle a jamais fait ça.

Je redémarre au vert et Gerbi hurle de terreur – du moins, je suppose que c'est la version cri d'horreur dans le langage rongeur – et frappe les barreaux plus fort. Mes mains serrent le volant pour m'empêcher d'empoigner la cage et de la balancer par la fenêtre.

– Tu veux pas la boucler, Gerbi ? grogné-je. On est bientôt arrivé chez toi. Ce qui veut dire que je vais être enfin débarrassée de toi, grosse gerbille obèse !

Pour éviter la circulation dans San José, j'ai décidé de prendre des routes moins fréquentées qui ne sont qu'une enfilade de panneaux Stop et de feux. Gerbi n'en peut plus.

Bien fait, sale bête!

Un grand bruit métallique côté passager me fait quitter la route du regard. Cet imbécile de rongeur frappe sa gamelle contre les barreaux de sa cage! Au moment où je relève la tête, panique! La voiture devant moi a pilé. Mon pied écrase la pédale de frein. Tout se déroule au ralenti. Le capot de ma vieille Ford s'approche du coffre de la voiture précédente. J'ai beau appuyer de toutes mes forces, ce ne sera pas suffisant. La collision est inévitable.

Ma bonne vieille Ford enfonce son nez dans les fesses du gros SUV devant.

– Merde!

Un coup d'œil côté passager: la gerbille maléfique gise inerte dans sa cage.

– Remerde!

Je coupe le moteur et sors constater les dégâts. La conductrice du SUV en fait autant. Petite, cheveux blancs, elle doit avoir dans les 65 ans.

– Vous n'avez rien? demandé-je.

Elle secoue la tête et me lance un regard navré de ses grands yeux bleus délavés par l'âge.

Elle me fait penser à Thérèse.

À la pensée de ma grand-mère, mon cœur se serre. Elle me manque tant.

Nous nous plantons devant les parties des véhicules qui ont fusionné.

– Oh, lâche-t-elle, une main sur la bouche.

– Ça pourrait être pire, remarqué-je en examinant les dégâts.

Son coffre et mon capot sont un peu enfoncés. À première vue, aucun organe mécanique majeur n'est touché.

— Je suis désolée, mademoiselle. Vraiment.

— Pourquoi avez-vous pilé? demandé-je calmement.

— Un écureuil est passé devant la voiture.

Je passe la main sur mon visage en poussant un soupir. Inspirer, expirer. Encore un foutu rongeur qui me pourrit la vie!

Ma moitié française est très énervée tandis que ma moitié américaine me rappelle que dans ce pays, on ne s'engueule pas avec les gens comme on le ferait sur les trottoirs de Paris. La petite vieille semble être totalement désemparée et regarde la tôle froissée, bras ballants.

— Premier accident?

Elle opine.

— Pas vous? demande-t-elle.

Non, ce n'est pas mon premier accident. Je revois Thérèse rire devant mon air penaud quand je lui ai dit qu'une voiture avait accroché ma portière.

— Maintenant, tu comprends pourquoi il faut avoir une vieille voiture sans valeur à Paris? Tu ne te moqueras plus jamais de ma Mégane.

Cette femme, avec ses traits fins, son air perdu et ses cheveux blancs ramassés en chignon, m'attendrit.

— J'ai vécu à Paris pendant longtemps et là-bas, les accrochages font partie du quotidien, réponds-je en riant. Allez, ne vous inquiétez pas, on va faire le constat ensemble. Mais nous devons d'abord sortir les véhicules de la route.

Au moment où je prononce ces mots, un grand bruit derrière moi me fait sursauter.

Le nez d'un SUV noir s'est enfoncé dans les fesses de ma Ford.

— Oh, encore merde.

Prise en sandwich entre ces deux gros véhicules, ma petite voiture me paraît bien en peine. Le pare-brise du troisième véhicule est teinté, m'empêchant d'apercevoir le conducteur. Je me penche pour constater les nouveaux dégâts.

Une Porsche ? Ça va lui coûter les yeux de la tête en réparation…

Ma vieille guimbarde a tenu le coup à l'arrière, mais l'avant s'est un peu plus enfoncé. J'espère que le radiateur n'est pas touché. Je me répète cette phrase comme un mantra histoire de ne pas piquer une crise devant ma voiture qui a rétréci de plusieurs dizaines de centimètres de chaque côté. Si un pick-up se joint à la fête, ma Ford aura la taille d'une Smart !

La portière côté conducteur s'ouvre. Hulk apparaît. Ou du moins celui qui devait en être la doublure. Le colosse porte un costume bleu marine. Mes yeux remontent vers son visage. Pas mal du tout. Mais si un regard pouvait tuer, je serais morte sur place. Mes yeux captent la petite veine qui palpite sur sa tempe. Hulk est en colère.

– C'est quoi ce bazar ? grogne-t-il. Qu'est-ce que vous faites arrêtées en pleine rue ? Et à un angle en plus !

Oups, Hulk fulmine.

C'est le moment que choisit ma moitié française pour se manifester.

Hidden Desire

ANGEL AREKIN

NISHA
EDITIONS

Hidden Desire
Angel Arekin

Résumé :

Dans ma famille, le sens du jeu est inné : nous maîtrisons l'art de tisser des toiles pour y attirer nos proies à la perfection. Procéder à un chantage odieux pour obtenir ce que l'on désire est habituel pour nous - c'est même une tradition, perpétuée de père en fils.

Je veux ; j'obtiens.

Merryn, la délicieuse secrétaire de ma cousine, ne déroge pas à cette règle. Elle dissimulait de petits secrets qu'elle a eu le malheur de me dévoiler. Pour se protéger, elle a cru pouvoir me repousser. Trop tard, Merryn. Je compte bien te dévorer.

Extrait :

Merryn

Je suis fière de moi. Aujourd'hui, je n'ai fantasmé que trois fois sur mon boss. C'est une fois de moins qu'hier. J'ai craqué lorsqu'il a traversé le couloir en dénouant légèrement son nœud de cravate, ses cheveux volontairement ébouriffés bataillant sur son crâne. J'ai eu le malheur de fixer quelques instants ses mains, fines et élégantes, lorsqu'il a tiré sur la soie, ce qui a suffi à me renvoyer quelques mois en arrière en une fraction de seconde. Je les ai revues se poser sur moi, caresser la courbe de ma gorge et descendre le long de mon ventre, en murmurant qu'il me trouvait séduisante… non, il a chuchoté : « tu es exquise ». Qui emploie encore ce genre de mots auprès d'une femme ? Mais lui en use avec beaucoup d'élégance. Ces trois mots m'ont fait fondre comme de la crème fouettée dans un éclair au café. Mon Dieu, j'aimerais de nouveau me retrouver dans ce lit, avec son odeur partout autour de moi…

Non, non, réveille-toi… Merryn, cet homme est un odieux personnage. Et c'est encore un euphémisme. Declan Mordret est un connard de la plus pure espèce. Aussi arrogant qu'un empereur, aussi acéré qu'une vipère, et bon sang de bois, aussi séduisant qu'un acteur de cinéma des années 30, ourlé de noir et de blanc. Un côté un peu désuet dans ses manières sur une apparence moderne, jouant sur les deux tableaux avec dextérité.

Merryn, tu fantasmes encore alors qu'il n'est même pas là. Tu n'as ni avancé sur le graphique des heures supplémentaires des employés du service financier, ni pris les rendez-vous que ta chère patronne t'a demandés en te promettant de t'incinérer vivante si tu ne t'en occupais pas très vite.

Il faut croire que l'incinération est un nouveau truc à la mode dans ma vie, puisque j'ai complètement oublié de téléphoner à trois actionnaires. Béni va m'écharper!

Je plonge ma tête entre mes mains en me traitant d'idiote écervelée.

Mon téléphone vibre dans mon sac. Discrètement, je jette un œil dessus et lis un message d'Evans, mon nouveau petit ami ou... un truc qui s'y apparente, pour m'avertir qu'il passera me voir dans la soirée si je suis d'accord. Bientôt deux mois que nous nous fréquentons. Un record dans ma vie, si je considère les six mois que j'ai vécus avec Cyprien. Evans est un garçon sympathique de 27 ans que j'ai rencontré pendant mon jogging. J'avais trouvé cette rencontre romantique, ce qui a certainement précipité mon choix de le fréquenter, et globalement de coucher avec lui. Je n'ai pas à me plaindre : Evans est beau garçon, plutôt doué dans un lit, avec un corps athlétique et ce n'est pas un adorateur des jeux vidéo. Étant donné que le dernier en date préférait s'envoyer en l'air dans les Sims, je m'estime plutôt chanceuse.

Non, en réalité, j'estime Béni plutôt chanceuse...

En rangeant mon téléphone, Jelan Malory, son escort personnel, échevelé et la bouche gonflée – sexy n'étant pas un terme assez fort pour le définir – sort de son bureau, passe devant le mien en m'adressant un sourire complice et me souhaite une bonne journée. Je mate son cul en passant, c'est plus fort que moi. Son corps est un véritable appel aux regards, aux baisers et à tout un tas de choses pas très catholiques. J'humecte mes lèvres d'envie et je détourne les yeux de ce bel Adonis lorsqu'une ombre se répand brusquement sur mon bureau.

– Tu veux que je te file des jumelles, tu verras mieux, grogne Béni en me foudroyant du regard.

J'ébauche un sourire ravi.

– Je veux bien, je te remercie. Ce serait un crime que de ne pas le regarder, non ?

Devant ma franchise, elle cède et soupire. Je remarque qu'elle est légèrement décoiffée et que ses vêtements sont froissés. Elle lâche un rire un peu gêné.

– Oui, admet-elle en levant les yeux sur le bout du couloir.

Les portes de l'ascenseur se referment sur ce séduisant étalon, mais je ne manque pas le long regard qu'il adresse à Béni. Elle faufile la main dans ses cheveux pour se redonner bonne figure, mais je devine dans ses yeux l'émotion qui l'assaille. Béni Mordret est follement amoureuse de lui. Je suis contente pour elle et sûrement un peu jalouse aussi. Elle a su tirer le bon numéro parmi pléthore de prétendants potentiels, aussi riches que pédants. Et moi, le seul numéro que j'ai réussi à tirer, c'est... tout un tas de mecs qui ne valent même pas mon super brushing, Declan en tête !

Je pousse un soupir qui semble décoller mes poumons de ma cage thoracique. Béni avise mon air rêveur et, aussi mauvaise qu'une vipère des sables, elle dépose un dossier sur mon bureau.

– Il faut que tu donnes ça à Declan. C'est urgent.

Mes doigts se crispent sur le dossier en question. Je lève les yeux sur ma patronne qui me sourit d'un air autoritaire, la défiant de lui désobéir, puis elle ajoute, mesquine :

– Ça t'apprendra à mater ses fesses.

Elle m'adresse un petit signe de la main et marche, telle une guerrière, en direction de son domaine.

– Je te déteste, Béni Mordret, crié-je, me moquant bien que l'on puisse m'entendre depuis les bureaux.

Je fulmine de rage à la seule idée de croiser la route de Declan.

– Oui, oui, lance-t-elle. Tu me détesteras encore plus quand tu reviendras de l'antre du dragon.

Furieuse, je serre les poings, puis tente de retrouver une contenance. Je suis une professionnelle. Me tenir face à Declan ne me pose aucun, mais alors aucun, problème.

Je me relève, défroisse ma jupe de tailleur, saisis le dossier et traverse le couloir en piétinant la moquette.

Dans l'ascenseur, je ne peux m'empêcher d'inspecter mon reflet dans le miroir, pour vérifier que tout est en ordre. Mon rouge à lèvres couleur vermeille est impeccable et souligne mon teint bronzé. Ma coiffure est parfaite, mes cheveux remontés en un chignon faussement désordonné, quelques mèches blondes flottant contre mes joues. J'ai mis un peu trop de blush ce matin et je le gomme rapidement du dos de la main. Je fixe ma tenue et, sans la moindre volonté, je dégrafe le premier bouton de mon corsage, révélant la dentelle noire de la lingerie que je porte en dessous.

Arrivée au 19e étage de la tour Bella, j'arpente le long couloir décoré de tableaux de maîtres jusqu'au bureau des deux secrétaires du PDG, Philippe Mordret, le père de Declan. Je me suis toujours demandé si être blonde était un critère de recrutement du DRH ou si c'était Declan lui-même qui les avait embauchées. Tout le monde connaît son penchant pour les blondes stéréotypées, plus jolies que brillantes, accros aux diamants et aux limousines.

Une crispation parcourt ma mâchoire en songeant qu'il s'est comporté avec moi comme si j'étais l'une de ses pimbêches sans cervelle, me contraignant à sortir avec lui pour satisfaire un caprice. J'alimente délibérément ma colère pour pouvoir l'affronter dans son bureau. Si je n'agis pas de la sorte, je fantasmerai sur chaque ligne de son visage masculin et séduisant, sur chaque pli de son costume et, bon sang, sur chaque mouvement de son corps musculeux...

Les deux secrétaires blondes comme des épis, tirées à quatre épingles, chignons parfaits, me regardent passer en empruntant un sourire blanc de blanc, suintant d'hypocrisie. Je le leur renvoie poliment en retour en désignant le dossier que je tiens sous le bras.

Je me dirige prestement vers le bureau de Declan, ignorant leurs messes basses et les rumeurs qui courent depuis six mois sur ma prétendue relation avec le patron sexy des Cosmétiques Bella.

Deux grandes portes en bois brun, ornementées d'un vaste cercle rouge en leur centre, marquent les limites de son territoire. En m'approchant des battants, mon pouls s'accélère. Mes mains deviennent moites et tout mon corps est parcouru d'un frisson à la seule idée de l'apercevoir.

Ce mec est un connard !

Je me répète cette phrase comme un mantra pour m'en souvenir lorsque mes yeux, véritables traîtres, se poseront sur lui et en déchiquetteront le moindre morceau alléchant.

Je prends une grande inspiration, la retiens, puis relâche mes poumons en cognant contre la porte.

– Entrez.

Un mot simple, mais glacial, jeté comme un détritus dans une poubelle.

Je pousse la porte en me répétant mon nouveau slogan à plein régime. Mais à l'instant où mes yeux dérivent vers le vaste bureau, assombri par le lambris des murs, mon mantra vole en éclats, ne laissant que les débris de ma volonté sur le parquet ciré.

Achevé d'imprimer en France par EPAC Technologies
N° d'édition: 4550414310019
Dépôt légal: juin 2018